土の
褥で愛を育む

夜《よ》啼《なき》鳥《どり》は虎《とら》王《おう》の褥《しとね》で愛《あい》を育《はぐく》む

篠《しの》崎《ざき》一《ひと》夜《よ》

ILLUSTRATION：香《こう》坂《さか》 透《とおる》

夜啼鳥は虎王の褥で愛を育む

LYNX ROMANCE

CONTENTS

夜啼鳥は虎王の褥で愛を育む

裸に剝《む》かれた白い肌に、月光が突き刺さる。

こんなに明るい月の下では、何一つ隠すことができない。四つん這《ば》いになったこの体も、そこに覆い被《かぶ》さる巨軀《きょく》もだ。

大柄な虎《とら》に、伸《の》しかかられていた。比喩《ひゆ》ではない。隆々《りゅうりゅう》とした体軀《たいく》を持つ獣が、ルスキニアの真上で身動《みじろ》いだ。

発達した筋肉を包む被毛は、夜の闇《やみ》よりも暗い。艶《つや》やかなその毛皮に、銀の毛が叢雲《むらくも》のように混ざっている。

こんなにも神々《こうごう》しい生き物が、他にいるだろうか。鋭い牙《きば》を剝いた獣が、ぐるるる、と低く唸《うな》った。繋《つな》がった体から、その響きが直接下腹へと響いてくる。

「っあ、あ…」

長さのある陰茎《いんけい》がずるっと進んだ。怖いくらい深い場所にまで、亀頭《きとう》が届いてしまう。長いだけでなく、その陰茎はごつごつとした肉の瘤《こぶ》を持つのだ。人間のそれとは異なる形に、どっと唾液があふれる。

はっはっと首筋に落ちる息は、熱くて重い。獣の臭いが濃度を増して、くら、と頭の芯が甘く痺《しび》れた。

手足がふるえて、上手《うま》く体を支えていられない。前に崩れ落ちようとする痩軀《そうく》を、強靭《きょうじん》な腰が揺すり上げた。獲物を、追い立てるのと同じだ。ぐ、と後ろ脚に力を溜めた虎が、体重を乗せて腰を突き出す。

「ひ、ァあ、深…」

人ならざる肉体は、あまりにも屈強《くっきょう》だ。抉《えぐ》るように腰を使われると、ごりごりと腹の奥まで押し潰されそうになる。

怖いのに、半開きの唇からもれるのはぬれた声ばかりだ。

気持ちがよくて、息が切れる。剝き出しの背中に毛皮がこすれるたび、やわらかな感触に声がもれた。

人の肌とは、まるで違う。あたたかくて、くすぐったくて、自分がなにと繋がっているかを嫌でも教えられた。

神にも比肩《ひけん》する、獣だ。いや、この獣は、神さえも食い殺す牙を持つ。

ぬぶぶ、と粘つく音が尻《しり》で鳴り、ルスキニアは爪先《つまさき》を悶《もだ》えさせた。長い陰茎が、もっと奥に入りたいとせがむ。吹きかけられる息の生々しさに、首筋を汗がぬらした。

「んぁ、王…」

掠《かす》れた呼びかけに、応《こた》える声はない。代わりにやわらかくうなじを嚙《か》まれ、尻がふるえた。

ざらりとした舌が、嚙み痕《あと》を辿《たど》る。骨から肉を削ぐ機能を持つ舌は、少しだけ痛い。だが人とは異なるそのざらつきさえ、今は興奮を呼んだ。甘やかすような舌の動きに、陰茎を呑んだ尻穴がきゅっと締まる。

「王…」

ぬれた響きを、隠す術《すべ》はない。月明かりは、全てを暴く。低い喉《のど》音を耳殻《じかく》に注《そそ》がれて、ルスキニアは薄い背を反《そ》らせた。

割れんばかりの拍手が、沸き起こる。

明かりが点《とも》された天幕を、歓声が揺らした。

「万歳！」

「イウサール国に栄光あれ！」

感極まった様子の観客たちが、立ち上がって口々に叫ぶ。足を踏み鳴らす者もいれば、口笛を吹く者、舞台に身を乗り出し硬貨を投げる者もいた。

「イウサール万歳！」

舞台が設けられた天幕の内側は、まさに興奮の坩堝《るつぼ》だ。

その熱狂から取り残されるように、ルスキニアは客席の片隅で喉を鳴らした。

「これ、は…」

目深に被ったヴェールの影で、花弁のような唇がふるえる。

緻密《ちみつ》なレースによって縁取られたヴェールは、やわらかな霞《かすみ》を思わせた。その霞越しにさえ、ルスキニアの容貌《ようぼう》は際立って目に映《うつ》る。

美姫のなかの美姫と謳《うた》われた母親の容姿を、ルスキニアは色濃く受け継いでいた。男であることが疑わしく思えるほど繊細な顔貌には、美貌の姫ばかりを選んで娶《めと》ってきた王家の美が結実している。憂いを帯びた双眸《そうぼう》は、そこに滲《にじ》む知的な光も相俟《あいま》って実母以上に艶やかに煌《きら》めいた。

大粒の瞳《ひとみ》を縁取るのは、月明かりを紡《つむ》いだような睫《まつげ》だ。けぶるように輝くそれと同じ黄金色《おうごんいろ》をした髪が、薄い背中を覆っている。

太陽が力強く照りつけるこの大国イウサールにおいて、これほど淡く涼しげな色をした髪は珍しい。ヴェールの裾《すそ》から覗く、肌の白さもそうだ。

冷たい水で磨き上げたような肌は、蒼《あお》い艶を帯びている。まるで爪の先まで入念に、真珠の粉をはたいたかのようだ。

明るい日差しの下ならば、誰もがルスキニアを振り返っただろう。だが薄暗い天幕のなかで皆舞台にこそ熱中し、ひっそりと蹲《うずくま》る痩軀に目を凝《こ》らす者はいなかった。

「イウサール万歳！」

喝采《かっさい》を浴びる舞台は、さほど広くはない。それでも天井は高く、贔屓《ひいき》の者たちから贈られたのだろう旗飾りが天幕を彩っていた。

当初は他の大道芸人たちに混じり、この一座も広場の端で興行していたらしい。だが演目が話題を集め、瞬《またた》く間に規模を大きくしたという。事実日暮れ前に始まった芝居《しばい》は、天幕に客が入りきらないほど盛況だった。

「どうした。感激のあまり声も出ないか」

耳元へと落とされた低音に、ぶるりと肩がふるえる。

狂乱のなかにあってさえ、脳幹を直撃するような響きだ。戦場においても、この声は雷鳴のごとく轟《とどろ》くのだろう。

大柄な男が、ヴェールの隙間《すきま》からルスキニアを覗き込んでいた。

逞《たくま》しいその体軀を、夜そのもののような黒い長衣が覆っている。簡素なそれには、金糸の刺繍《ししゅう》一つない。飾り帯を締めることもせず、男は黒い日除けの布を頭から被っていた。街を行く商人たちと大差ない姿だが、そうでないことは一目で分かった。

こんな眼をした商人が、どこにいる。

彫りの深い眼窩《がんか》で、黄金色の双眸が静かに瞬いた。まるで、獣だ。天幕内に点された明かりよりも、それははるかに眩《まばゆ》い。そもそも地上の光に例《たと》えることこそが、愚かなのか。

天を焦がす、太陽。

覚悟なく見上げたならば、瞬く間に目を焼かれるに違いない。それどころか骨まで炙《あぶ》られて、一握《いちあく》の灰すら残らないだろう。そう確信させる底知れなさが、男の双眸には滲んだ。

「か、感激だなどと…！　一体、どこにそのような要素が…」

「皆、存分に心打たれている様子だが」

確かに熱狂する観客のなかには、膝《ひざ》を折り随喜《ずいき》の涙をこぼす者までいる。

舞台で演じられていたのは、イウサール国の成り立ちに纏《まつ》わる物語だ。

遠い遠い昔、イウサールには生贄《いけにえ》を求める神がいた。干魃《かんばつ》と虫をもたらす残酷な神が、新月の夜ごとに無垢《むく》な乙女を欲したのだ。無力な民たちには一人、また一人と娘たちが消えるのをただ見守ることしかできなかった。

その犠牲を断ち切ったのが、銀と紺碧《こんぺき》の瞳を持つ乙女だ。王の一人娘でもあるビッラウラ姫は、娘たちに代わり自らが生贄となることを願い出た。

イウサールの民であれば、誰もがこの慈悲深い姫の伝説を知っている。イウサール王家の祖とされるビッラウラ姫は、今なお広く民たちの信仰を集めていた。

「おっしゃる通り、踊り手の技巧は見事で宮中の者たちにも劣らぬほどでしたが…」

観衆の喝采に応え、壇上の踊り子が投げ入れられた花を拾う。しなやかな手足に金銀の装身具を光らせる彼女は、女神さながらにうつくしい。

「そうであろう」

「ですが、これはあまりにも…」

あまりにも、卑猥《ひわい》すぎる。

ビッラウラ姫を演じた踊り手が巧みだったのは、事実だ。彼女が跳躍するたび、客席は溜《た》め息《いき》に包まれた。ルスキニアもまた、状況を忘れ見入ってしまったほどだ。しかしそうだとしても、これは猥《わい》褻《せつ》すぎるのではないか。

踊り子が身に着けているのは、辛うじて乳房を覆う胴衣と、深い切れ込みが入った腰布だけだ。汗ばんだ肌が露《あら》わに覗く姿は、ほとんど裸と変わりない。

「確かに、お前が不敬だと嘆くのも無理はないな」

「そうです！　このような芝居を許すのはさすがに…」

「あの、髪の色」

深く頷《うなず》こうとしたルスキニアに、男が踊り子を示した。

「なんだあれは。お前の髪は、もっとうつくしい月明かりの色だ」

真顔で指摘した男が、するりとルスキニアの髪を撫《な》でる。ヴェール越しに、額を辿られたにすぎない。それでもびくりと、薄い唇がふるえた。

「な…」

「それに、お前の腰つきはもっと妖艶だ。一見すると素っ気ないどころか、これ以上なく禁欲的に映るくせに、実際は柔軟で動きにしても…」

「あ、あれはビッラウラ姫であって、私ではありません…っ！」

舞台で演じられたのは、あくまでもビッラウラ姫の物語だ。

少なくとも建前上は、そうだとされている。女神と崇《あが》められる伝説の姫を破廉恥な芝居に仕立てるなど、到底許されないことだ。それでも在位中の王とその寵姫《ちょうき》を再現することに比べれば、罪は幾分減じられる。

そう、なのだ。この瞬間観衆が熱狂するのは、ビッラウラ姫の物語であってそうではない。

伝説の乙女になぞらえて語られる、現王アルアクバルとその寵姫の物語にこそ、人々は涙を流した。

「慈悲深いルスキニア様に祝福《しゅくふく》を！」

「ルスキニア様万歳！」

我を忘れた観客たちが、偉大なるイウサールの王が寵愛する妃《きさき》の名前を叫ぶ。

それは紛れもなく、小《さ》夜《よ》啼鳥《なきどり》を意味するルスキニア自身の名前だった。

「違…」

「違うものか。皆、お前の勇敢さに胸打たれている」

憎らしいほど敬虔《けいけん》な仕種《しぐさ》で、男が自らの胸に手を重ねてみせる。

「そ、それこそ誤りですっ」

ビッラウラ姫は、自らこそが犠牲となる覚悟を決めて一人城を飛《と》び出した。夜通し走り向かった先は、しかし悪しき神が棲《す》む山ではない。神どころか魔物さえ寄りつかない、荒れ地の果て。呪《のろ》われた地に棲む荒ぶる獣にこそ、姫は我が身を差し出し助力を求めたという。

ビッラウラ姫の勇敢さは、伝説として語られるに相応《ふさわ》しいものだ。そんな姫に、ルスキニアの行いを重ねようというのは間違っている。思わず両手で顔を覆ったルスキニアを、逞しい腕が引き寄せた。

「故国を滅ぼした憎い仇《かたき》の元へ、お前は民の命と引き換えに供も連れず輿入れした」

たった、一人で。

それはほんの数ヶ月前、ルスキニア自身の身に起きたことだ。

故国スペルビナの第二王子として、ルスキニアはこの世に生まれた。だが自らがしかけた戦の果てに、父王ダヴィドを始め兄弟たちと共にスペルビナは滅びたのだ。そして生き残ったルスキニアは、その征服者たるイウサールの後宮へと虜囚同然に引き立てられた。

「それだけでも十分に勇敢だが、その上でお前は俺を助けた。このアルアクバルをな」

にやりと笑った男の声は、歓喜する客たちの耳には届かない。聞かせられるわけがなかった。商人のなりをしたこの男が何者であるかを知れば、天幕は混乱の巷《ちまた》と化すだろう。いや、水を打ったように静まり返るのか。

アルアクバル。イウサールの統治者にして、凶猛の王。

ルスキニアの故国を滅ぼし、後宮へと娶った男でもある。

その王の名を耳にすれば、近隣の国々だけでなくイウサールの民さえもふるえ上がった。

交易の要《かなめ》となる海峡を支配するイウサールは、広大な商業圏を持つ大国だ。だがそんな国の繁栄も、先代の王の頃にはすでに過去のものとなっていた。しかし若き王子アルアクバルが戦場に現れた時から、状況は一変する。長く小競り合いが続いていた地域を制し、国境は北と東に広く押し上げられた。再編された軍は無敵を誇り、今は港や河川《かせん》の整備にも力が注がれている。野蛮な獣の国と揶揄《やゆ》されてきたイウサールを、アルアクバルは名実共に立て直したのだ。

本来であれば、これほどの王を戴けば民は誰でも熱狂する。

だが、アルアクバルは一層懼《おそ》れられていった。

イウサールの王は、戦に取《と》り憑《つ》かれている。いや、血にこそ魅入られているのだ。アルアクバル王が進む道には累々《るいるい》と屍《しかばね》が積み上がり、降伏した者にさえ慈悲は与えられない。

喰らうのだ。

アルアクバル王は、投降した者までを生きたまま喰らう。敵兵は言うまでもなく自らの側近に至るまで、王は気紛れに首を刎《は》ねその肉を喰らった。後宮の女たちも、例外ではない。褥《しとね》に召された寵姫たちは、皆次の朝日を浴びることなく血の海に沈んだ。

残忍な、飢えた怪物。

イウサールの民ですら、呪われた王の名を口にすることを懼れた。

だがそれら全ては、ファイサルによって流布された噂《うわさ》にすぎない。

先王の甥《おい》に当たるファイサルは、王位に最も近い存在として産まれた。いずれは自らの頭上に王冠が輝くことを、ファイサルは疑っていなかっただろう。だがアルアクバルの誕生により、ファイサルの希望は打ち砕かれることになる。ファイサルには王に次ぐ権力と第一宰相《さいしょう》の地位が与えられたが、彼は満足などしなかった。

ファイサルが欲したのは、イウサールの玉座だけだ。

宰相の務めを果たすどころか、ファイサルはアルアクバルを追い落とすため奸計《かんけい》を巡らせた。長きに亘《わた》って血腥《ちなまぐさ》い悪評を流し、民の心を王から引き離しただけではない。その命までも奪おうと、ファイサルは幾度となく苛烈《かれつ》を極める戦場へアルアクバルを送り出した。それでもアルアクバルが生き残ると、遂には自らの手で刃《やいば》を振り翳《かざ》したのだ。

結果、なにが起きたか。今夜の芝居では、宰相は禍《わざわい》をもたらす神の姿で描かれた。残酷な神がそうだったように、ファイサルもまた自らの血で己《おの》が罪を贖《あがな》うこととなったのだ。

「お助けしたなどと。私は…」

宰相が企てた一件において、ルスキニアがアルアクバルの役に立てた点などない。王を救うどころか、当時は仇なす立場でしかなかったのだ。

宰相と共に、死を賜《たまわ》っていても不思議はない。そうであるにも拘《かか》わらず、アルアクバルはルスキニアを手放さなかった。

「お前が俺を、連れ戻してくれた。その身を挺《てい》してな」

連れ戻すとは、どこから。

そう尋ねる勇気を、ルスキニアは持つことができない。同時にじわりと、掻《か》き毟《むし》りたいような痛みが咽頭を刺した。

あの夜流された血の夥《おびただ》しさと、錆《さ》びた鉄の匂《にお》いが鼻腔《びくう》に蘇《よみがえ》る。悲鳴の底から見上げた月の眩《まぶ》しさは、今もルスキニアの瞼《まぶた》に焼きついて離れない。

だが本当に恐ろしかったのは、そんなものではなかった。

月明かりに照らされた、荒涼とした色のない世界。もしあの時ルスキニアが縋《すが》る力を少しでもゆるめていたら、男は迷わずその先へ踏み出していたのではないか。

振り返ることさえ、しなかったに違いない。

自分の想像に、ぶるっと押さえがたいふるえが痩軀を包む。為《な》す術もなく揺れた睫へと、不意に熱い唇が押し当てられた。

「ア…」

「その点においては、あの踊り手の再現力を認めねばなるまいな」

にたりと笑った男が、もう一度舞台を示す。

反射的に上げた視線の先に、艶然と腰をくねらせる踊り手が映った。あの肢体《したい》が、つい先程舞台でどんな動きを披露したのか。

思い出すと、かぁっと熱い血が顔に上《のぼ》る。

ビッラウラ姫から助力を請《こ》われた魔物は、代償を求めた。

お前が私にその身を差し出すなら、私はお前が望む通り神を殺そう。私の妻となる覚悟が、お前にあるならば。

白銀の毛皮を持つ獣の問いに、姫は迷わず頷いた。

今後私以外の生贄を求めないとお約束下さるなら、喜んであなた様の妻となりましょう。

こうして夫婦となった姫を背に乗せ、獣は旋風のように荒れ地を後にした。その筋書きは、ビッラウラ姫の伝説から大きく外れてはいない。だが細部に関しては、言うまでもなく創作だ。

「お前が魔物の妻になる覚悟を決め、大胆にも俺に身を任せる場面などは…」

「ですから！　あれは、私ではありません…ッ！」

壇上のビッラウラ姫は、文字通りその身を投げ出した。夫となった獣を懼れることなく、むしろ陶然と肢体を絡ませたのだ。

なんという、破廉恥な。

そんな場面まで濃密に再現する必要が、どこにある。しかもそうした克明さは、初夜にのみ発揮されたわけではない。悪しき神を討つため、白銀の獣は賄賂《わいろ》と供物とで飾られた神殿を目指した。道中に張り巡らされた罠《わな》を、獣は姫の手引きと機転によって掻《か》い潜《くぐ》るのだが、そこでも二人は苦難のたびに熱い抱擁《ほうよう》を交わした。正確には、抱擁以上の演出が重ねられたのだ。

踊り手の大胆さとビッラウウラ姫の献身に、幾度となく天幕をどよめきと感嘆が揺らした。

ルスキニアに至っては、声を上げるどころではない。ただただ目を見開き、舞台を見上げることしかできなかった。

「そういうことにしておくか。あの髪の色は、俺としても許せそうにないからな」

「髪の色など問題ではありません…！　それに、そんなことをおっしゃるなら、あの白銀の神獣だって…」

「魔物に、なにか不満があるのか？」

こらえきれず抗議したルスキニアに、アルアクバルが右の眉《まゆ》を引き上げる。

イウサールの王家の祖とされる白銀の獣は、舞台では言葉の通り獣の姿で演じられた。筋骨逞しい男性の踊り手が、獣を模した仮面を頭から被るのだ。虎を思わせる仮面は精巧で、白い毛皮が踊り手の胸元までを覆っていた。

「あの耳の形、あんなものは実際の王のお耳に似ても似つきません。まず、あのように薄く貧相ではありませんし、艶も足りなければ形も少し尖《とが》りすぎています。尾など許しがたいほどで、本物はもっと、こう…」

本物はもっと豪奢《ごうしゃ》で力強く、もこもこしている。

手ぶりを交え訴えようとしたルスキニアを、黄金色の双眸が覗き込んだ。

「本物？」

繰り返され、はっとする。にた、と獣じみた眼で笑う王に、ルスキニアは慌てて自らの唇を押さえた。

「違…、私が申し上げたいのは…！」

「本物の俺の尾や耳は、あんなものではないと？」

それは、壇上の獣をアルアクバル王の暗喩だと認めたということだ。

神獣の末裔《まつえい》であるイウサールの王族には、時折特別な徴《しるし》が現れる。

偉大な聖獣と同じく、被毛に包まれた美々《びび》しい耳と尾を持つ者が生まれるのだ。聖なる王冠とも呼ばれるそれらは、王家の血筋全てに与えられるものではない。むしろ徴を受け継ぐ者は、極めて稀《まれ》だ。先代の王やその兄弟たちも、誰一人その特別な徴を授かった者はいなかった。

だが、アルアクバルは違う。

頭から被った黒い日除けの下に、どんな徴が隠されているか。ルスキニアはそれをよく知っていた。

「私が申し上げたかったのは、いかに神獣を模したものだとしても、あ、あのような耳や尾は…」

「興行主には、俺からきつく言っておく」

「ですから！　問題なのは、役者の姿形ではなく…」

両手を握り締めるルスキニアの、その懸命さがおかしかったのか。肩を揺らした男が、のっそりと腰を上げた。

「看過しがたい気持ちは、俺も同じだ。だがささやかな民の楽しみを闇雲に奪うのは、王としてあまりに横暴だろう。興行主には、もう少しましな毛皮を贈っておく。それで許せ」

許すもなにも。だが男の言葉通り、観客たちはこの舞台に心の底から熱狂していた。鳴りやまない拍手と喝采に、目が回りそうになる。まだまだ収まりそうにないその熱気から、アルアクバルが外へとルスキニアを促した。

「アルアクバル王万歳！」

天幕の外でも、小屋に入りきれなかった者たちが王を讃える声を上げている。

ほんの少し前ならば、想像もつかなかった光景だ。

前宰相が広めた悪評は、毒のように民たちに浸透した。ファイサルは繰り返し王を死地に送り出すことでアルアクバルを王都から遠ざけ、自身こそが偉大な王であるかのように振る舞ったのだ。

アルアクバルの言葉を借りれば、ファイサルは人心を摑《つか》む術に長《た》けていた。自分に忠実な取り巻きたちを重用し、勇ましく耳障《ざわ》りのよい言葉で民の歓心を買う。アルアクバルの功績を己が手柄のように喧伝《けんでん》するファイサルに、民の心が傾いたのも無理はない。

だが全ては、過去のことだ。

謀反《むほん》を企てたファイサルが断罪されると、市中の空気は大きく変わった。王の腹心が、いくつかの噂を撒いたのも功を奏したのだろう。

王が寵姫を食い殺すなど、捻じ曲げられた悪評にすぎない。後宮に娶られたルスキニアは健在で、それどころか愛する王のため、我が身を顧みずファイサルの奸計に立ち向かった。そんな勇猛な王と、それを愛する聡明な寵姫の物語は瞬く間に民の心を摑んだ。スペルビナから嫁いだルスキニアをビッラウラ姫の再来と喜び、遂にはこんな芝居が人気を博すほどだ。

「お前がどう描かれているか、この眼で確かめることができとても有意義な視察だった。民たちがどれほどお前に熱狂しているかも、よく分かったしな」

日除けの影で、男が満足そうに顎《あご》を引く。

抑制が効《き》いたアルアクバルの声音は、ともすれば感情に欠けて聞こえた。常に冷静で端的な男の物言いを、冷淡だと感じる者も多い。

だがもしこの瞬間、今は隠されている尾が覗いていたら、それはどう動いたのだろうか。きっと機嫌よく、左右に揺れていただろう。思わず王の足元を目で追っていた自分に気づき、ルスキニアは慌てて視線を引き剝がした。

「何度も申し上げますが、あれはビッラウラ姫です。それに言うまでもなく、皆が熱狂しているのは王にこそで…」

皆が讃えているのは、アルアクバル王その人だ。そう続けようとしたルスキニアの言葉が、ふと途切れる。

なにか、見覚えのあるものを見た気がしたのだ。

ルスキニアの視線を辿ったアルアクバルが、形のよい眉を引き上げた。

「飴《あめ》細工か」

芝居見物の客を目当てに、集まったのだろう。日が暮れているにも拘わらず、広場にはいくつもの露天商たちが軒《のき》を並べていた。昼間の市に比べれば、規模は格段にちいさい。それでも松明《たいまつ》に浮かび上がる広場は、驚くほど賑《にぎ》やかだ。

切り分けた果物を売る者や、軽い食事のために椅子《いす》を並べた店。鶏《にわとり》をけしかけ合っている男たちもいれば、賽子《さいころ》を投げている者たちもいる。そのなかでも一際甘い匂いを漂わせる店に、王の言葉通りルスキニアは視線を引きつけられた。

　小鍋を手にした店主が、踊るような手つきで銀の盆へとなにかを注いでいる。

　とろりとしたそれは、熱した砂糖なのだろう。鍋を操る動きに併せ、琥珀《こはく》色の図案が盆へと描き出された。レースのように繊細なそれは、イウサールの繁栄を讃える飾り文字か。屋台を照らす明かりを浴びて、黄金色の飴が宝石のように光を弾《はじ》いた。

「器用なものだな」

　懐《ふところ》を探ったアルアクバルに、はっとルスキニアが我に返る。硬貨を取り出そうとした男へと、ルスキニアは大きく首を横に振った。

「ち、違います。ただ、あまりにもうつくしかったものですから…。それより、そろそろお戻りにならなければ」

　飴の艶やかさと店主の手際の見事さに、つい見入ってしまった。だが決して、強請《ねだ》ろうとしたわけではないのだ。

「構わん。飴ごときで遠慮などするな。もっと早く連れて来てやるつもりが、約束を果たせずにいたのは俺の方だ。償《つぐな》いぐらいさせろ」

　明日にでも、市の見物に出かけるぞ。

　宰相を断罪した後、アルアクバルはそうルスキニアに約束してくれた。本来であれば、寵姫が後宮から外に出ることは許されない。黄金の鳥籠に囚われた、小鳥。イウサールの後宮は勿論《もちろん》故国ですら、ルスキニアに与えられた自由などなかった。そんな自分に広い空を見せようとしてくれたのは、アルアクバルただ一人だけだ。

「おやめ下さい、償いだなどと。こうして今夜、連れていらして下さったではないですか…。ご多忙でいらっしゃるのに」

王としての職務を、アルアクバルは決して疎《おろそ》かにしない。

前宰相が流した悪評によって貶められていた間さえ、アルアクバルは身を惜しまず戦地や交渉の場に立ち続けた。ファイサルの一件が尾を引く今は、以前にも増して忙殺されていると言っていい。

直接謀反に関《かか》わった者は言うに及ばず、アルアクバルは前宰相の元で瀆職《とくしょく》行為に溺《おぼ》れてきた者たちの処罰も断行した。ファイサルが残した悪習を一掃するためには、避けて通れないことだ。

そうした後始末に加え、日々多くの陳情や視察に追われる王に、本来なら市中見物などしていられる余裕はない。それにも拘わらず、王は今夜ルスキニアをここに連れ出してくれた。

「お前との約束以上に、重要な職務などあるか」

舌打ちしたそうに、アルアクバルが鼻面に皺《しわ》を寄せる。

真に受けていいような、言葉ではない。そうすべきでないことも、よく分かっていた。それでも突き出された下唇の形に滲むのは、率直な不満だけだ。

完全無欠の王が、自分には本心を曝《さら》け出してくれている。そう錯覚してしまいそうで、ルスキニアは深々と頭を下げた。

「心より、感謝申し上げます」

「信じられないか」

「まさか…！　私などとの約束を、覚えていて頂けただけで幸せです」

男の言葉を疑う気持ちは、微塵《みじん》もない。同時に、アルアクバルが自らの職務を蔑《ないがし》ろにする男でないことも、ルスキニアはよく知っていた。

王が自分との約束を覚えていてくれただけで、望外な喜びだ。約束が果たされるかどうかさえ、大きな問題ではない。そう伝えようとしたルスキニアの腹が、ぐうぅ、と鳴る。

「っな…っ」

王を前にして、飴に気を取られただけでもあるまじき失態だ。加えて、言い訳の最中に腹を鳴らすとは何事か。

「あ、あああの、これは…」

首を刎ねられても、不思議はない。いや少なくとも、呆《あき》れられて当然だ。赤くなるどころか青くなったルスキニアの頭上で、男が肩を揺らした。

おおらかに、笑ったのだ。

「こんなにも美味《うま》そうな匂いがしていれば、腹も空くだろう。あの爺《じじい》の氷菓子でも、探してみるか」

「氷菓子…」

笑う男に驚くと同時に、蜜と柑橘《かんきつ》で味つけされた菓子の甘さが舌に蘇る。アルアクバルに連れられ初めて訪れた市で口にしたそれは、はっとするほど冷たく、体の芯《しん》がとろけるほどに甘かった。

「行くぞ」

こくんと、あまりにも素直にルスキニアの喉が鳴る。それを見逃すことのなかったアルアクバルに腕を引かれ、ルスキニアは慌てて首を横に振った。

「氷は、その…」

「どうした。寒いのか？」

苛烈な太陽が輝くこの国も、夜にはぐんと気温が下がる。冷えたか、と気遣った男が、当然のように自身の羽織に手をかけた。

「いえ…！　ただそろそろ本当に、お戻りにならないと」

歌うような物売りたちの声や、色とりどりの菓子を積み上げた店先はどれも息を呑《の》むほど魅惑的だ。許されるなら、一晩中だって飴を作る店主の手際を眺めていたい。だが眠る時間さえ犠牲にして働くアルアクバルを、これ以上自分につき合わせていいわけはなかった。

「…それなら鶏《にわとり》を焼いていた親父を捜しながら、戻るとするか」

鶏串。広場を見回した男の言葉に、ぱっとルスキニアの目が輝く。分かりやすく過《よぎ》った喜色に、アルアクバルが今度は歯を見せて笑った。

「そ、それほどお笑いにならなくても…」

顔を赤くしたルスキニアの眼前に、暗い影が落ちる。すぐ傍らを通りすぎた客たちの目には、大柄な影が痩軀を覆ったように見えたかもしれない。

深く屈《かが》んだアルアクバルの唇が、花弁のような唇に重なる。

ほんの、一瞬の出来事だ。音さえ鳴らない。それでもすれ違った誰かが、息を呑むのが分かった。

なんてことを。そう焦るルスキニアとは対照的に、王にはなんの動揺もない。

鋭い犬歯を持つ男の口が、やわらかにルスキニアの唇を囓《かじ》る。まるで、獣の所業だ。突き出された舌でれろりと唇を舐《な》められ、声にならない声がもれた。

「あ……」

獲物を自慢するように、固い歯が下唇を引っ張る。間近からもれる男の息が肌を撫で、吸われたわけでもないのに舌先が甘く痺れた。

「急ぐか」

「……っ」

驚きに固まったルスキニアの肘《ひじ》を、節の高い指が摑み引き寄せる。呆気《あっけ》に取られて立ちつくしていた何人かが、弾かれたように道を譲った。

「王……！」

見上げた黄金色の双眸は、やはり笑っている。力強い腕に抱かれるまま、ルスキニアは夜の広場へと踏み出した。

きつく閉じた瞼に、光が透ける。

窓から差し込む日差しなのか、あるいは目の奥で弾けた光なのか。重く逞しい体軀を真上に感じ、ルスキニアは殺しきれない声をこぼした。

「っんあ、あ…」

息に混じる響きは、鼻にかかってぬれている。

どうしようもなくはしたなくて、どうしようもなく恥ずかしい。唇を噛み締めたいのに、浅く荒い呼吸がそれを阻《はば》んだ。上手く肺が膨らまなくて、どろりとした熱に頭が煮える。ぐ、と抉るように腰を回され、思わず爪先が丸まった。

「んァ、ひ」

腹の深い部分に、脈動する陰茎が届いている。

ごちゅ、と鈍い音が体の内側から伝わって、目の奥で光が爆《は》ぜた。

「ルスキニア」

低い声音が、頤《おとがい》をくすぐる。官能を煮詰めたような、声だ。空気の振動がそのままびりびりと肌を伝って、掻き毟りたいような痺れが喉裏を包む。普段は、意識さえしないような場所だ。それなのに、甘い痺れがぞわりと舌のつけ根にまで浸《し》みてくる。

「っひ、ァ、あ…」

真昼の陽光が、広い居室を照らしていた。繊細な彫刻が施された天井は、まるで大理石で編まれたレースを思わせる。その下に据《す》えられた寝台にも、同じ贅沢《ぜいたく》さでやわらかな夜具が敷き詰められていた。

光沢のある絹に仰向けに転がされ、伸しかかられている。

裸の膝を左右に割られると、その無防備さに怖くなった。覆い被さる男が、アルアクバルだからではない。守るもののない胸や腹は、誰にとっても急所なのだ。

ふるえたルスキニアの顎を、れろ、と熱い舌が辿る。同時になにかが、痩《や》せた臑《すね》を掠めた。

密集した毛を纏《まと》った、太い尾だ。

人肌とは異なる感触に、びくっ、と膝が撥《は》ねる。悶えた動きを、拒むものだと考えたのか。喉の奥で唸った男が、痩軀を追いかけ膝で進んだ。体重を乗せて腰を落とされると、べちん、とぬれた音が鳴る。

「ア、あっ」

獲物を、逃すまいとする動きだ。

強靭な体軀の下に、捕らえた相手を掻き寄せる。覆い被さる男の姿は、人間のそれだ。鍛え上げられた筋肉を覆う肌はなめらかで、磨き上げられた青銅のような光沢を帯びている。獣とは異なる五指がルスキニアの膝を摑み、男臭い鼻梁《びりょう》が鼻先に迫った。

だが、その双眸はどうだ。

ルスキニアを見下ろす眼光は、果たして人の身に宿せるものか。

黄金色の虹彩《こうさい》が、暁《あかつき》よりも鋭い光を弾いている。その中心で燃えるのは、漆黒の炎だ。夜の暗さを凝《こご》らせた瞳孔《どうこう》が、今ははっきりと収斂《しゅうれん》していた。

「あ…、王…」

見つめすぎては、いけない。

誰かの目を覗き込むことは、ルスキニアには重大な禁忌だ。咄嗟《とっさ》に視線を逃がそうとした痩軀を、もう一度太い尾が掠めた。

「ん、っあ…」

「目を、閉じるな」

ぴく、とふるえたルスキニアの瞼から、鮮やかな色彩がこぼれる。

深く澄んだ海を思わせる、紺碧《こんぺき》。そして右の眼窩に嵌《は》まるのは、冷たい月明かりを集めたような銀色だ。正確には、薄い青を混ぜた灰色なのかもしれない。だがそれは、ルスキニアの故国では呪われた銀色と呼ばれた。

神に見放されし者が身に受ける、烙印《らくいん》。

神は、自らに似せて人を造った。無欠なる神と同じ形を与えられなかった者は、その祝福に値《あたい》しない。スペルビナにおいて、欠損した肉体を持つ者はそう蔑《さげす》まれた。

左右を一対として神から授けられたものが正しくそろっていない、あるいは欠けていることは、悪魔がつけた印と見なされたのだ。過去には政争《せいそう》の果て、高位の聖職に就《つ》けないよう耳や鼻を削がれた王族もいる。後天的な欠損にさえ眉をひそめる人々が、なによりも忌《い》み嫌うのが生まれながらに青と銀の目を持つ者だ。

娼婦《プロスティブラ》。

あるいは魔女と、彼女たちは畏《おそ》れられた。

多くの場合、その徴は女性に偏《かたよ》って現れる。彼女たちは皆目を瞠《みは》る美貌に恵まれ、澄んだ声音で囀《さえず》った。蠱惑的《こわくてき》な瞳で覗き込まれれば、抗《あらが》える者などいない。どれほど高潔な聖職者であっても、肉欲の虜《とりこ》となり果てる。善男《ぜんなん》を獣に堕《お》とし罪を犯させる彼女たちは、悪魔の化身《けしん》に他ならない。

大昔からそう忌み嫌われると同時に、滅多《めった》に生まれることのない彼女たちは好奇の的にもされた。一生に一度巡り会えるか否かという数の少なさと、類《たぐ》い稀な美貌。至高の快楽が約束されているという多淫な肉体は、彼女たちにとってこそ文字通りの禍だ。

第二王子として生まれたルスキニアの左目が青く、右目が銀に輝いていると分かった時、父王は神を呪う言葉を吐いたという。

無理もない。スペルビナで最も尊いとされる血を受けながら、ルスキニアは神の恩寵からはるか遠い場所に生まれたのだ。

「ルスキニア」

鼻先がぶつかる距離で、黄金色の双眸がルスキニアを射る。

誰もが疎《うと》み、視線を向けられることさえ嫌ってきた瞳だ。血を分けた父王にすら、真《ま》っ直《す》ぐ見上げることは許されなかった。その青と銀の目を、迷いのない双眸が覗き込む。

「ルスキニア…」

脳味噌《みそ》ごと、どろりと全身が溶け落ちそうだ。

どんな時ですら冷静さを失わない男の双眸が、今は剝き出しの熱にぬれている。ぎゅうっと、そうしようと思わなくても尻の穴が陰茎を締めつけた。喉の奥で笑った男が、ゆっくりと腰を揺する。

「んんぁ…、あっ」

これ以上奥になんて、入り込めるわけがない。

そう思うのに、ずん、と重い衝撃が腹の底を撲《う》った。張り出した亀頭で弱い場所を捏《こ》ねられ、苦しさに爪先がばたつく。

いや、気持ちのよさか。どっと首筋を汗がぬらして、目の前で光が散った。じんじんとした性感が、先程まで散々噛まれていた乳首を疼《うず》かせる。

「はっ、ぁあ、王…」

注がれ膨れ上がり続ける気持ちのよさを、やりすごす術がない。ぎゅっと何度も、足の指を丸めてみたがまるで無駄だ。足の裏が甘く疼くばかりで、もどかしさに踵《かかと》が揺れた。

「っく、んぅ…」

噛み締めていられない唇から、涎《よだれ》がこぼれてしまう。ひくひくと物欲しそうに動いたルスキニアの舌先を、黄金色の双眸が間近から追った。

「ん、あぁ…」

吸われる、のか。

思い描いてしまえば、もう駄目だ。びくん、と下腹が撥ねて、なにかが爆ぜる。

射精、したのかと思った。だがその衝撃は、下腹をぬらしたわけではない。そして一度きりでは、終わらなかった。

「っあッ、ぅ…、う」

ちいさな火花の連なりが、下腹を圧迫して背骨を迫《せ》り上がってくる。射精の、開放感を伴う気持ちのよさとは違う。臍下《せいか》で生まれた波紋が、幾重にも重なって腹の奥にぶつかる心地がした。

「んぁ…、ぁー…、あ」

鳥肌が立つような衝撃に、これが快感なのだとすぐに呑み込むことができない。戸惑いのたうったルスキニアを、動きを止めない巨軀が押し潰《つぶ》した。

「っあぁ、ひ…」

掠れた悲鳴に、獣じみた唸りが重なる。ぶるっと伝わった胴ぶるいに、もう一度重い性感が下腹を焼いた。

「あ…」

吐き出されて、いる。低く呻《うめ》いた男が、ぐりぐりと深い場所に亀頭を押しつけた。精液を、注ぎ込む動きだ。この、腹に。

悟ると同時に、ぞわりとしたふるえが胸郭を包んだ。歯の根が合わないような感覚なのに、同時にそれはひどく気持ちがいい。何度も目の奥に光が走って、ルスキニアはそのたびに唇をひくつかせた。

「ルスキニア…」

荒いままの息が、名前を呼ぶ。

額や頬《ほお》、唇をくすぐる振動さえ気持ちよくて、舌先が疼いた。まだずっと、なにかが弾けるような性感が抜けきらない。切りのない感覚に喉を鳴らすと、熱い唇が瞼に落ちた。

宥《なだ》める、ものか。あるいは褒《ほ》める動きなのかもしれない。

べろ、と大きく伸ばした舌で涙を舐められ、また新しい涙がこぼれた。

「…うん、あ、王…」

深々と、アルアクバルが息を吐く。ひどく満足そうな息に併せ、男の背後でなにかが揺れた。

しなやかな、太い尾だ。それだけでなく、涙に歪《ゆが》む視界で耳が動いた。

被毛に包まれたそれは、夜を覆う雲と同じ灰色をしている。濃く深い色をした耳裏に対し、内側を飾るのは星の瞬きにも似た銀の毛だ。威厳に満ちた左右の耳は、まさに聖なる王冠と呼ばれるに相応しい。

「っぁ…、ん」

状況も忘れて見上げたルスキニアの尻で、ずるる、と太く逞しい肉が動く。まだ硬さを失わない陰茎が、空気を潰す音を立てて尻穴から抜け出た。

「あ…」

湯のように熱い体液が、どぷりとあふれる。

王の射精は長く、量も多い。たっぷりと注がれた精液が、ルスキニアの腹に留《とど》まることができずこぼれた。

「駄目…」

尻に力を入れようにも、太い陰茎で拡《ひろ》げられていた穴は鮮やかな肉の色を晒《さら》してしまっている。そうだとしても、これ以上こぼしてはいけない。その一心で尻へと伸ばした指を、日に焼けた手が摑んだ。

「心配するな。ちゃんと奥まで注いである」

耳元へと注がれた声の響きに、ぞくりとする。

自分は余程、不安気な顔をしていたのだろう。尖った犬歯が、中指の節を甘く囓った。

「んぁ…、です、が…」

いまだ胸を喘《あえ》がせるルスキニアに対し、アルアクバルの呼吸はすでに落ち着き始めている。鍛えられた巨軀を起こした男が、汗ばんだルスキニアの膝を摑み、尻を覗き込んだ。

「セヘルにも言われただろう。精液を取り込む以上に、今は俺の体に慣れることが先決だと。俺に馴《な》染《じ》めば、お前の身の内を巡る元素《アンスル》も安定し、体調も整いやすくなる」

体内を巡る元素こそが、人間の肉体に重要な影響を及ぼす。古来より、イウサールではそう考えられてきた。元素の流れが正しければ肉体は健やかに保《たも》たれ、滞《とどこお》れば病に陥る。ルスキニアのようなプロスティブラは、生まれながらにして特殊な元素を持っているとされていた。この元素が当人の意思とは関係なく他者を魅了し、獣の耳を持つ王の子を孕《はら》みやすくする。

しかもそれは、女性に限った話ではない。男の身でありながら、プロスティブラは懐胎《かいたい》できる。ルスキニアの故国において、プロスティブラが、なかでも男のプロスティブラが忌避される理由がまさにそれだ。他者を誘惑するだけでなく、男の身で孕むなど神への反逆に他ならない。化け物同然に蔑まれるルスキニアが、スペルビナで生きながらえてこられたのは奇跡と言えた。

「プロスティブラの体は、俺などとは違って繊細だ。特に、男のプロスティブラはな。元素の調和を保つだけでも苦労する上、夫となった雄の発情や、性交の刺激一つにも影響を被《こうむ》る」

落ち着いたアルアクバルの声は、医学書を読み上げているかのようだ。だが声とは裏腹な手つきでぞろりと腿《もも》を拭《ぬぐ》われ、性交そのままの官能に顎が上った。

「あっ…」

「そうかと言って、真綿に包んで俺から守っても、今度はそれが理由で元素の均衡が崩れる。不自由に思うだろうが、まずは焦らず体を整えることに努めろ」

「不自由、などとは…」

　プロスティブラが女性に偏って現れる理由の一つは、おそらくこの特別な元素に起因する。

　男でも受胎が可能になるほど、強い影響を及ぼす元素だ。子宮を備えて生まれる女性よりも、男の身では負担が大きく、変調を来《きた》しやすいのは当然だろう。男のプロスティブラが母親の胎内で芽吹いても、その不安定さ故に無事産声を上げられる数は少ない。そのため女性に比べ、希少性が際立つのだ。

「不自由に決まっている。元素などに、自分の体を左右されるのだからな。その上、俺がこう度々寝所を空けていれば尚更《なおさら》だ」

　元素なくして、生命はなり立たない。それにも拘わらず、元素程度と斬って捨てるのは王座にある身とはいえ傲慢《ごうまん》がすぎる。だがアルアクバルにとっては、己こそが唯一の主人だ。自分では制御し得ないなにかに左右されるなど、許しがたいことなのだろう。

「…ぁ、お時間は…、ご出立の時間は、大丈夫なのでしょうか」

　寝所を空ける、という言葉に、この時刻、王がルスキニアの元を訪れた理由を思い出す。

　昼を迎える前に、アルアクバルは王都を立たなければいけない。王都の東に位置するジタールで、前宰相の支援者が捕らえられたのだ。すでに裁判も終わり、処分を待つばかりだと言うのだから、本来ならわざわざ王が出向くような案件ではない。だが一昨年大火に見舞われたジタールは、いまだ復興の途上にある。民たちが王に熱狂する今、復興の進捗を確かめ民を鼓舞する目的で、アルアクバルの視察が決まったのだ。

「もう二晩ほど、先延ばしにするか」

男らしい唇を引き結んだ王が、真顔で唸る。

アルアクバルには、その言葉を現実のものとする力があった。だが同時に、王である男は決してそれを許しはしない。深く倒れた耳もそのままに、男がぬれた尻穴を丸く撫でた。

「っあ…ァ」

たった今まで繋がっていた穴は、ふっくらと腫《は》れて口を開いてしまっている。阻む術を持たない肉の輪の内側へ、二本の指がぬぶりともぐった。

「んん、ぁあ、深…」

「二晩どころか、一年でもこの部屋に籠《こ》もっていたいところだがな」

剝き出しにされた犬歯が、赤く腫れた乳首を囓る。きゅっと締まった尻穴を褒めるよう、つけ根近くまで埋まった指が前後に動いた。

精液をこぼす穴を咎《とが》め、栓でもされているみたいだ。だが実際は、指の太さに圧された精液がぶちゆりとあふれてしまう。

そんなふうに、掻き回しては駄目だ。そう思うのに、左右に並んだ指が腹側の粘膜を執拗《しつよう》に捏ねた。

「あぁっ、っ、待、あ…」

明るい陽光の下では、てらつく肉の色一つ隠すことはできない。充血し潤《うる》んだ穴が、どんな形に拡げられているのか。肛門から精液を垂らす様子を黄金色の双眸に覗き込まれ、首筋に汗が流れた。

「っや、王…」

「そんなに締めつけるな。少し掻き出しておかないと、後が辛《つら》くなる」

そうだとしても、堪《た》えがたい。

ぐ、と左の掌《てのひら》で臍下を圧され、目の奥で光が爆ぜる。痛むほどの、力ではない。それなのに腹の奥が甘くうねって、締めていられない尻の穴から精液がこぼれた。

平静な声の響きとは対照的に、男の手つきは介抱からはほど遠いものだ。満足するまで精液を掻き出したアルアクバルが、最後に小瓶から軟膏を掬《すく》った。

「四日もあれば、戻って来られる。その間、薬を塗ってはやれないが」

舌打ちよりも雄弁に、大きく揺れた尾が敷布を打つ。尻穴へとたっぷりと軟膏を塗りつけた男が、ふるえる膝に歯を当てた。

「四日で戻れるか、疑わしいという目だな」

額に貼《は》りつく前髪を払われ、はっとする。

「ぁ…、疑うなど、決して…」

「なにか、心配事があるのか？」

心の内を隠すことは、ルスキニアには難しくない。薄氷を踏むような故国での日々が、心を殺す術を教えてくれた。だがそのルスキニアを以《もっ》てしても、アルアクバルの洞察力をかわすのは容易ではないのだ。

「お忙しくおすごしですから…、お疲れではと」

「それだけではないだろう。なにか懸念があるなら、言ってみろ」

懸念と呼ぶべきものは、確かにある。だがそれをありのまま口にすることは、憚《はばか》られた。

「…ジタールまでの道中には、険しい峠《とうげ》があると聞きました。日差しが厳しく、風が強い土地であるとも…。そのために人やものが行き届かないことがあるのだとか」

「宦官《かんがん》たちから聞いたのか。お前は随分と気に入られているようだからな」

「皆、親切にこの国のことを教えて下さいます。ジタールは勿論、道中も十分整備されているとは存じますが、それでも太陽や風が王の足を妨げ、お体の障りとなることがあるやもしれません。どうぞくれぐれもお気をつけてお出かけ下さい」

ルスキニアの言葉に、宦官の声が重なる。

出立の時刻を告げるそれに、アルアクバルが彫刻で飾られた小箱を引き寄せた。

「俺の足止めをする者は、たとえそれが太陽だろうと噛み殺して帰ってくる」

言葉の通り、必要であればアルアクバルは相手が何者であれ躊躇《ちゅうちょ》なく牙を剝くだろう。そして太陽すら本当に、討ち殺すのだ。

「ご冗談には聞こえません」

「そのつもりだ」

こともなく返した男が、手にした箱から銀の鎖《くさり》を取り出す。艶やかに磨き上げられたそれは、ルスキニアのために誂《あつら》えられた特別な貞操帯《ていそうたい》だ。

子を孕むとされるプロスティブラであろうとも、ルスキニアが男であることに変わりはない。多くの女性が住まう後宮に身を置く以上、無用な誤解を避けるためには不可欠なものだ。分かってはいるが、宝石が輝くそれを目にすると背筋がふるえた。

「ぁ…」

曇りのない金属の輪を、王が慣れた手つきでルスキニアの性器へとくぐらせる。なめらかな白金に睾丸を押し上げられると、冷たさのせいばかりでなく肩が竦《すく》んだ。

二つの輪が螺旋《らせん》を描く貞操帯は、挿入のみならず勃起《ぼっき》をも妨げる。

王のいない寝所で、ルスキニアが性的に興奮する理由は一つもない。そうだとしても、こんな形で肉体を管理されるのは恥辱的だ。唇を噛んだルスキニアの股座《またぐら》で、かちりとちいさな音が鳴る。貞操帯を鍵《かぎ》で固定した男が、具合を確かめるよう腰に絡む白金を歯で引いた。

「すぐに戻る。楽しみにしていろ」

そうしたら、またたっぷりと薬を塗ってやる。

にやりと笑った口が、臍《へそ》の真上をちいさく吸った。あ、と声を上げたルスキニアを制し、男が寝台を降りる。

見送る必要はない。そう告げたアルアクバルが、広い歩幅で部屋を横切った。やがて届いた扉が閉まる気配に、深い息がルスキニアの唇からこぼれる。

ぐずぐずとした熱に、体が崩れ落ちてしまいそうだ。

どっと瞼が重くなり、起き上がらなければと思うのに動けない。いまだ汗が引かない体は、生々しい熱を残しているのだ。

これが、プロスティブラの肉体なのか。自分の肩を抱こうと身動いだ肌に、絹の敷布がこすれる。その感触と、腰に絡む白金の固さに背筋がふるえた。

恐怖がもたらすふるえとは、少し違う。怯《おび》えも微《かす》かに混ざりはするが、そんなものは腹の底をぬらす興奮の余韻にすぎない。

「このまま少し、お休みになられますか」

静かに響いた声に、はっとする。途切れかけていた意識を引き戻され、ルスキニアは瞼をふるわせた。

「…ぁ、セヘル。王とご一緒では…」

寝台を包む紗《しゃ》の隙間から、膝を折る従者が見える。

夕映《ゆうば》えを思わせる、深い肌の色をした男だ。年の頃は、三十歳前後だろうか。アルアクバルと同じか、わずかに年長に見える。

引き締まった体軀をしたセヘルは、王がルスキニアのため直々に遣わした従者だ。本来は、アルアクバルの側近を務める立場だと聞く。亡国から嫁いだプロスティブラの監視役とはいえ、そうした者が妃の世話をするなど異例のことだろう。

「ルスキニア様のお側《そば》にお仕えするよう、言いつかっております」

「私より、王のお体が心配ですが…」

セヘルは、王の主治医でもある。アルアクバルに仕える前は、敵対する国の典医だったというから驚きだ。

セヘルの以前の主人は、味方の裏切りにより殺された。裏切り者たちは王だった男の首を、イウサールの王に差し出し助命を請うた。アルアクバルがその時どんな眼をしたか、想像に難くない。アルアクバルは裏切り者たちの首を刎ね、最後まで主人に忠誠をつくしたセヘルだけを主治医に迎えた。

自分の実父であったダヴィド王や、実兄であり第一王子であったドミニクス、それに連なるスペルビナの貴族たちなら、誰一人そんな選択はしなかっただろう。だが実に、アルアクバルらしい話だ。

セヘルも、そんなアルアクバルだからこそ二人目の主《あるじ》に決めたのだろう。そうでなければ彼のように自尊心の高い男が、敵に膝を折るわけがない。

「アルアクバル様のお体をお思いならば、ルスキニア様はまずご自身をお大切になさって下さい。ルスキニア様になにかあれば、それこそ王のお体に障ります」

真顔で告げた男が、侍女《じじょ》の手から着衣を受け取る。焚《た》きしめられた花の香りがわずかに伝わり、ルスキニアは重い体を引き起こした。

「逆に、ルスキニア様がお元気であらせられれば、王の気力も充実するというもの」

紗をくぐったルスキニアの髪の乱れは、アルアクバルと共にこの寝台でどんな時間をすごしたかを如実に物語っている。それこそが、王の充実ぶりの証と言いたいのか。にっこりと笑ったセヘルが、ルスキニアへと衣を着せかけた。

「…私などが王に影響を及ぼすなど、仮定であっても畏れ多いことです」

「なにをおっしゃいます。イウサールの民の全てが、王を奮い立たせるルスキニア様の献身と真心に心から感謝申し上げているというのに」

大袈裟に目を見開いてみせたセヘルに、ルスキニアが眉を寄せる。

なんの、話だ。問おうとして、はっとする。その賢明さに、セヘルが満足そうに笑みを深くした。

「私も拝見させて頂きました。あのお芝居」

芝居。

思い当たるものは、一つしかない。ほんの数日前、アルアクバルに連れられ訪れた、あの芝居小屋だ。

「まさ、か…」

「ルスキニア様がお体でお示しになった、王への献身とめくるめく愛欲…いえ、愛の日々。私、心から感動いたしました」

胸へと手を当てたセヘルが、ほう、と息を吐く。それがどうにも芝居がかった仕種に見えるのは、ルスキニアが疑り深いせいばかりではないはずだ。

「セヘル様、なんて羨ましい…！　あの評判のお芝居をご覧になられたなんて！」

「私も、今すぐにでも飛んで行きとうございます。リダの広場の芝居といえば、今や知らない者はいないほどですから」

飲み物を運んだ侍女たちが、たまらずといった様子で声を上げる。

涼しげな所作《しょさ》で立ち働く彼女たちは、皆若く見目麗しい者たちばかりだ。地方の豪族の娘であったり、異国の育ちであったりと、皆出自《しゅつじ》は様々だと聞く。だが後宮に上がるに際しては、等しく教育が与えられるらしい。外見だけでなく、教養もまた磨き上げられた侍女たちが、堰《せき》を切ったようにセヘルを羨《うらや》んだ。

「…後宮にまで聞こえてくるほど、評判が知れ渡っているのですか…？」

戦慄《おのの》きながら絞り出したルスキニアに、侍女たちが当然とばかりに頷く。

「それはもう、王都中がお芝居の話題で持ちきりです」

「宦官たちも興奮しておりますよ。出入りの業者も王宮の衛兵《えいへい》たちも、寄ると触ると芝居の話題だとか」

「そうでなくとも、私たち後宮の者がルスキニア様に関する話題を聞きもらすとお思いですか」

　ふふふ、と笑う侍女たちに、返す言葉が見つからない。

　後宮で暮らす者たちは、外出の自由を制限されている。それにも拘わらず、侍女も宦官も内外の事情には恐ろしいほど精通していた。

　隣接する王宮の衛兵や出入りの業者など、外界に触れる機会は皆無ではないのだ。外に出て気張らしできないからこそ、娯楽に飢えている側面もあるのだろう。侍女たちの情報網に舌を巻くのは今更だが、それでも市中の芝居の評判までもが届いていたとは驚きだ。

「民が熱狂するのも無理からぬことです。本物には大きく劣るとはいえ、踊り手の腰つきもルスキニア様の魅力をあますところなく伝え…」

「あ、あれは、私ではありません…！」

　妖艶な踊り手が、どう腰をくねらせたのか。蘇る記憶にたまらず叫べば、セヘルが一層笑みを深くした。

「またご謙遜を。日を追うごとに評判が増して、連日押すな押すなの大盛況でございますよ？」

　何故《なぜ》、そんなに楽しそうなのか。実際、青くなったり赤くなったりするルスキニアが面白《おもしろ》いのだろう。人の悪い笑みを隠さないセヘルを咎めるどころか、侍女たちもまた目を輝かせた。

「ルスキニア様のご献身に心打たれ、大の男でも涙するのだとか」

「早朝にハッサの町を出て、半日かけて辿り着いたにも拘わらず、芝居小屋に入れなかった者もいたと聞きました」

「これだから素人は。王都に住んでいても小屋の前で夜明かししなければ無理だと言われているのに、朝ハッサを出てくるなんて」

「この後宮からも、こっそり抜け出て見物を試みる者もあるそうですよ」

「なんと勇敢な…！　後でその者を捜し出してどのように情熱的であったか洗い浚《ざら》い白状…いえ、お話頂かねばなりませんね」

　ああ、なんと羨ましい。うっとりと華奢《きゃしゃ》な拳《こぶし》を握り締める侍女たちに、ルスキニアがぶるりと背筋をふるわせた。

「秘密裏に後宮を抜け出すなど、無茶なことを…。宦官長様に知れれば、どのようなお叱りを受けるか」

「宦官長様ご自身でございます。塀をよじ登る勢いで後宮を抜け出し、挙げ句芝居小屋で門前払いを受けた愚か者は」

　平然と斬って捨てたセヘルに、二度目を剝く。

　後宮で王に次ぐ権力を握るのは、他でもない宦官長だ。多くの特権を持つ宦官長は、後宮からの外出が許された数少ない人物でもある。無論いつでも気楽に出歩けるわけではないが、それでも密かに塀を乗り越える必要などないはずだ。

「な…」

「宦官長のお力を以てしても芝居見物が適《かな》わず、大変悔しがっておいででした。近いうちに、芝居小屋ごと召し上げてやると息巻いておいででしたが…。実にいい気味でございます」

口ぶりだけはいかにも同情を寄せるものだが、最後に隠す気のない本音がもれてしまっている。

宦官長であるイルムは、朗《ほが》らかな冗談好きであると同時に、役職に相応しく隙《すき》のない目をした男だ。本来であれば、いかにセヘルが王の側近であろうと宦官長にこんな口を利《き》くのは無謀といえた。しかしそれを許容する信頼関係が、二人の間にはあるのだろう。自らの主治医をも務めるセヘルに対し、宦官長は唇を尖らせながらも軽口を許していた。

「それは素晴らしいお考えですわ。宦官長様には是非ご尽力頂き、後宮内での上演に漕ぎ着けて頂かなくては」

「ええ、本当に。ですがそのためには、今しばらく宦官長様の観劇が適わないことを、お祈りしなければならないわけですね」

冷酷な算段を交わす侍女たちに、セヘルが軽く手を鳴らす。囀りを収めた侍女たちが、優雅な一礼を残して湯殿を整えるため寝所を辞した。途端に訪れた静けさに、ルスキニアが長い息を絞る。

「私はただ、後宮の寵姫が生きていることが分かれば、民も安堵《あんど》できるかと…」

王と寵姫を描いた芝居の発端は、それだ。

血に飢えた王は、夜な夜な後宮で寵姫たちを食い殺す。そんな血腥い噂も、スペルビナから娶られた自分が健在だと分かれば霧散するのではないか。そんなささやかな提案が、気づいた時には寵姫と王の日々を赤裸々に描いたあの芝居になっていた。

「聡明なルスキニア様の狙《ねら》い通りでございます。ルスキニア様の魅力は言うに及ばず、偉大な王の愛情深さに触れて、民もこれまでいかに自分たちの目が曇っていたか思い知ったことでしょう」

セヘルが請《う》け合う通り、民が王を敬愛するのは喜ばしいことだ。だが、それがあのような芝居に基づくとなると、いかがなものか。

「尤《もっと》も、弊害もございますが」

ルスキニアの胸の内を知ってか知らずか、セヘルが隣室へと視線を向ける。

ルスキニアに与えられた居室は、寝室と居間が二間続きとなった豪華なものだ。中庭を臨む居間は庇《ひさし》が長く、風が通り抜けるとさらりとして気持ちいい。そんな居間の一角に、いくつかの長持が積まれていた。長持だけでなく、絹が張られた小箱や籠までもが、小山のように重ねられている。

「…あなたや王、宦官長様がお断り下さっているのに、どんな手段かでお届け頂いてしまうのです」

セヘルの視線を追ったルスキニアが、苦《にが》い声をもらす。

積み上げられているのは、ルスキニアへの贈り物だ。

王から、与えられたものではない。見るからに高価そうな品々は、大臣や地方の首長《しゅちょう》、高官たちから贈られたものだ。

後宮に入って以来、ルスキニアはアルアクバル以外からの贈り物を受け取らないよう心がけてきた。だが最近では何度断っても、どんな手段でか様々な品が後宮へと届けられた。

「本日は、上級法務官のハミース様。そしてヤズィード大臣からも見事な細工の香炉《こうろ》が届いてございます」

「ヤズィード様は確か、名家の出であるだけでなく、宮内《くない》学院ご出身の…」

「おっしゃる通り、イウサールの名士でいらっしゃいます」

国土を拡げる過程で、イウサールは様々な言語を操り異なる神を信仰する地域をも呑み込んだ。王都を遠く離れたそれらに、いかに統治を行き渡らせるか。その実践のために設立されたのが、宮内学院だ。

宮内学院には地方中央を問わず優秀な人材が集められ、イウサールの官僚となるための教育が施された。現在大臣を務める者たちにも、この宮内学院の出身者は多い。上級大臣であるヤズィードも、そうした者の一人だ。

家名を問わず優秀な人材を登用するという面で、この機構は優れている。文字通り宮廷に接して作られた学院には、王の一族も席を置いていた。幼少期から王族の側近くで切磋琢磨《せっさたくま》することにより、忠誠心も育ちやすい。反面、現在においては前宰相の影響力が懸念されていた。

長く国の中枢にいた前宰相と、全く関わりを持たなかった大臣などいない。それは法務官や他の官僚にも言えることで、アルアクバルが大鉈《なた》を振るう今、皆自分たちの立場に恐々《きょうきょう》としていた。

「ヤズィード様のようなお立場の方までが、私などに…」

「今や大臣たちも、ルスキニア様の存在を無視できません」

残念だが、セヘルが言う通りだ。

芝居や噂は、陰惨な悪評を払拭する一助となった。だが強い薬は、一つ間違えば毒にもなる。王の評判が高まるにつれ、民はルスキニアにまで歓声を送り始めた。

現時点において、ルスキニアは後宮に暮らす唯一の寵姫だ。正妃、あるいは王妃に当たる婚姻制度を持たないイウサールの王室において、後宮内での寵姫たちの権力は王の寵愛に左右された。

　そして言うまでもなく、後宮での権力は後宮内にのみ留まるものではない。イウサールに限らず、寵姫や妃が国政に影響を与えた例は枚挙に暇《いとま》がないのだ。ルスキニア自身がそう望まなくても、王と民から愛される寵姫を、大臣たちが無視しがたいのは無理からぬことだった。

「そんな顔をなさらないで下さい。これほどの贈り物を前に、悲痛なお顔をされるのはあなた様くらいですよ」

　ルスキニアの憂い顔の理由など、無論セヘルは理解しているだろう。だが殊更軽く笑った男が、懐からちいさな包を取り出した。

「私からも、ルスキニア様へ贈り物があると申しますのに」

　そっと差し出されたのは、木綿に包まれた植物の束だ。乾いたそれが、なにか。すぐに察したルスキニアが、ぱっと顔を輝かせる。

「ありがとうございます…！　このように、沢山。随分ご苦心頂いたのではありませんか」

　一見すると、それはなんの変哲もない木の根のように見える。だが芹《せり》と同種の黒い根は、血脈を整えるための薬だ。広い地域で用られるものだが、暑いイウサールでは時期によっては手に入りづらいらしい。

「お安いご用でございます。ですがこんなもの、私ではなく王に強請ればよろしいのに」

　花が咲くように綻《ほころ》んだルスキニアの唇は、積み上げられた高価な品々を前にした時とはまるで違う。

呆れたようにこぼしたセヘルが、居間へとルスキニアを促した。

「それも侍女のための薬ではなく、ご自身への贈り物を強請られるべきです」

ルスキニアが両手で包む薬は、ルスキニア自身のためのものではない。南のターウィス出身だという侍女が、病身の母に飲ませる薬が手に入らないことを嘆いていたのだ。流通量が減る時期に加え、長く続いた雨のせいでターウィスでは入手が難しいらしい。

「すみません。あなたにはいつも無理なお願いばかりして…」

「責めているのではありません。…いえ、責めたい気持ちも、ないわけではございませんが。ルスキニア様は、この薬をご自身からのものだと告げて、侍女に与えるおつもりがないのでしょう？」

セヘルが言う通り、ルスキニアは直接これを侍女に手渡そうとは考えていなかった。誰か一人を、特別に優遇していると誤解されてはいけないのだ。

「人が善いにも、ほどがございます」

ルスキニアの沈黙を正確に読み取り、セヘルが遠慮のない息を吐く。咎める響きを隠そうともしないが、典医は決して怒っているわけではない。

心配、してくれているのだ。

後宮で生き抜くためには、王の寵愛以外にも不可欠なものがある。他の寵姫や宦官たちから恨まれ、足元を掬われないための処世術だ。政治的な根回しともいえる。どうせ薬を与えるなら恩を売り、侍女たちを自分の派閥に取り込むことが賢明だと、セヘルはそう言うのだろう。

確かに、その通りだ。些細な一挙手一投足が己の運命をどう左右するのか、常に見定め考える必要があることは、ルスキニアにもよく分かっていた。

「人が善いどころか、名乗らないとすれば、それは善良さからの行いではありません」

謙遜などではなく、それは単純な事実だ。

侍女たちは、プロスティブラであるルスキニアによく仕えてくれている。彼女たちの誠意を、疑いはしない。だが侍女たちの善意に胡座《あぐら》を掻くことも、無防備になりきることも、自分にはできないだけだ。

「あなた様が強請れば、王はこのイウサールの半分でも…、いえ、それこそ世界の全てでさえ、ルスキニア様に差し出すことでしょう」

ルスキニアの手から再び包を受け取り、セヘルが長持の一つへとそれを収める。声に滲んだ確信に、ぞっと冷たいものが背筋を走った。

「おやめ下さい。冗談でも、そのような恐ろしいこと」

「冗談ではございません。あなた様が望まれれば、王はそれがどんなものでも喜んで擲《なげう》たれる」

ルスキニアが強請れば、確かに王はなんであろうと与えてくれるかもしれない。目も眩むような宝石や、国を動かすほどの権力。所有する富の半分を分けることだって、アルアクバルは惜しまないだろう。誰にも縛られることなく飛び立てる自由さえも、ルスキニアに与えようとしてくれた男だ。

それらは天に輝く星に等しく、眩い。だがそのどれ一つ、ルスキニアはほしいとは思わなかった。千の宝よりもっと得がたく尊いものを、男はすでに自分へと与えてくれているのだ。

「私はもう、王には十分頂戴《ちょうだい》しています」

本当に、十分すぎるほど。

知らず、唇が綻ぶ。迷いのないルスキニアに、セヘルが額に手をやり天を仰いだ。

「花のように可憐《かれん》で雪のように儚《はかな》そうに見えて、ルスキニア様は鋼《はがね》並に強情でいらっしゃる」

そして、と続けた男の目が、陽光を静かに弾いた。

「そして氷のように冷静で、恐ろしいほど頭が切れるお方です」

セヘルという男をして、それは最上の褒め言葉だろう。だが同時に、舞い上がっていい賛辞とは言いがたい。単純明快で扱いが容易《たやす》い寵姫ではないと、そう言われたも同然だ。

「己が身を守るため、権力にすり寄り、あるいはそれを我が物としようとする者は数多《あまた》おります。それは人として、当然の本能でございましょう」

セヘルが言う例は、ルスキニアも嫌というほど目にしてきた。アルアクバルを廃そうとした先の第一宰相も、その一人だ。誰かを蹴《け》落とし進んできた者は、より大きな力を手にし続けなければ安心して眠ることもできないのだろう。

「ですがあなたは常に権力から距離を置き、誰の目からもご自分を消し去ることで…、ご自身をないものとして扱うことで、身を守ってこられた。故国においても、あなたの才気を以てすれば、誰か後ろ盾を得ることは容易かったはず。…しかしあなたは己の能力を顕示することも、庇護《ひご》者の機嫌を取ることもせずにすごしてこられた。並の胆力では、なし得ないことでございます」

権力という名の庇護は、どこまでも甘美だ。だがなにかをほしいと思えば、それ以上のものを捧《ささ》げる覚悟がいる。一時の安寧《あんねい》のために力に溺れることなく、息をひそめて何者からも距離を取ること。

それをルスキニアの処世術だとするセヘルらしい観察眼に、場違いな笑いがこぼれるかと思った。

「買《か》い被《かぶ》りです」

セヘルは、アルアクバルただ一人に忠誠を誓っている。

いかにルスキニアを気にかけてくれようとも、その優先順位が揺らぐことはない。それを残酷だとは、思わなかった。むしろ、それだからこそ信頼できるのだ。

きっと、セヘルも同じだろう。自身の野心や身を守る術として、王を利用する寵姫など必要ない。王を害さず、王のために身を捨てる覚悟があるルスキニアだからこそ、セヘルは心を寄せてくれるのだ。

「そうでしょうか」

懐疑的に眉を上げたセヘルに、ルスキニアが確信を持って首肯《しゅこう》する。

「むしろ私は、強欲です」

「強欲の言葉の意味を、ご存知で?」

呆れた典医が、卓に置かれた盆へと手を伸ばした。湯殿へ向かうルスキニアのために、銀の盆には瑞々しい果物とあたたかな茶が用意されている。

「勿論です。アルアクバル王は私に、身にあまるほど多くのものを与えて下さいました。その上で尚、私には欲しいものがあるのです」

これを強欲と言わず、なんと呼ぶのか。

言葉にすると、一層厚顔さが際立つ。だが誰にどう批難されても、諦《あきら》めることはできなかった。どうあっても欲しいと、ルスキニアが唯一心から願うものなのだ。

「ルスキニア様のお望みであれば、なんであれ私も協力は惜しまない覚悟でございます」

ルスキニアの望みが、なにか。言葉にするまでもなく、セヘルは理解しているのだろう。一度深く体を折った典医が、銀の盆からなにかを取り上げた。

「それは？」

果物に並んで置かれていたのは、筒状に丸められた書簡だ。緋色の紐《ひも》がかけられたそれに、心当たりはない。

「ルスキニア様が欲しておいでのものとは、かけ離れているのは確かでしょう」

そう告げるセヘルの声には、露骨な苦さが混ざっている。

上質な紙の手触りが、受け取った指先に伝わった。

「まさしく、弊害にてございます」


目を閉じて、思い出すまでもない。

記憶は、いつでもルスキニアの脳裏に焼きついている。たとえば、モルガナ城ですごした短い秋の出来事だ。

堅牢《けんろう》な石造りのモルガナ城は、どっしりとした巨人を思わせた。岩場に貼りつくように建つ城は、スペルビナでも特に古い歴史を持つ。しかしモルガナ城において最も耳目《じもく》を集めるのは、歴史の長さ以上にその内装の華美さだろう。

無骨な外観に反し、城主の蒐集《しゅうしゅう》品によって飾られた城内は煌びやかだ。国王ダヴィドの居城に比肩するとまでは言えなくとも、国王に親《ちか》しいマレ卿の住まいには惜しみなく贅《ぜい》がつくされていた。

だがルスキニアが初めてその城に足を踏み入れた時、驚かされたのはそんな美術品に対してではない。

匂いだ。

それまでルスキニアが暮らしてきた石の塔には、骨まで凍える雪の匂いが浸みついていた。

鼻腔の奥が痛むほど、ひりひりと固く冴えた匂いだ。

深い雪は音を呑み、その沈黙には匂いがあることを、ルスキニアは北の塔で知った。だがモルガナ城の炊事場に立った時、体を包んだのは寒々しい死の匂いではない。湿気を含んだ食べ物の匂いを間近に感じ、ルスキニアは初めてちいさな動揺を覚えた。

ここは、生者の世界なのだ。時さえ凍りついた、あの棺《ひつぎ》のような塔とは違う。

正面の入り口をくぐることさえ許されず、使用人と同じ炊事場から入るよう促されたが、そんなことは苦にならなかった。

人並みに扱われなくとも、今更なにも感じはしない。むしろモルガナ城で日に二度の食事と、寝具を備えた部屋を与えられたことにこそ、驚いた。

「ご覧になって！　あの貧相な体」

軽蔑を含んだ声が、水音に混じる。

炊事場に近い部屋の一つに、大きな盥《たらい》が置かれていた。湯を張ったそれを人目から遮《さえぎ》るため、部屋には大きな布が吊《つ》られている。だが薄汚れたそれは、貴人を隠すにはあまりにも粗末《そまつ》だ。声は勿論、視線を遮る役にもまるで立ってはいない。古い盥に裸で蹲り、ルスキニアは青白い背中を晒していた。

「卵を産めなくなった雌鶏《めんどり》だって、もう少しまともな体をしておりますよ」

「本当に。あれでは食べようにも、肉どころか出汁《だし》だって取れそうにないじゃない」

布を隔てて同じ部屋に立つのは、城主の娘たちだ。先の戦で寡婦《かふ》となった三女を始め、モルガナ城にはマレ卿の子供たちも多く身を寄せていた。

「イウサールへの輿入れまで、二ヶ月の猶予《ゆうよ》を頂けたのは幸いでしたわね」

部屋の入り口近くに立ち、四女が姉へと耳打ちする。珍しい動物でも眺めるように、その視線が浮き出たルスキニアの背骨へと突き刺さった。

「あれほど貧相ではどうにもならないとはいえ、せめて手はつくしてやらないと。あまりの惨めさに、送り返されてきては面倒ですからね」

プロスティブラに湯浴みを許してやるなど、我々はどれほど寛大なのか。

マレ卿の娘たちは、心底からそう思っているのだろう。

事実、モルガナ城へ連れられて以来、連日のように湯に浸かれる幸福にルスキニアは心から感謝していた。

盥には清潔な湯が、半《なか》ばほどまで注がれている。本来高貴な身分の者が入浴する際には、木のささくれや棘《とげ》で肌を傷めないよう、盥の内側には布が敷かれた。だがルスキニアが膝を抱えて座る盥には、布どころか香油の一滴も垂らされてはいない。それでもあたたかな湯に身を浸せるなど、北の塔では望み得なかった贅沢だ。故国を滅ぼした王の元へ送り出されるための準備であろうとも、十分に幸福だった。

アルアクバル。虎の尾と耳、そして牙を持つ王の後宮へと、自分は嫁ぐ。半年前には、想像もしなかったことだ。

「お姉様のおっしゃる通り。髪も傷み、あんな青白い顔をしていては食べる気も失《う》せると、獣に怒り狂われても困りものですからね」

「おお嫌だ。人を喰らう獣など」

嫌悪を露わに、三女がぶるりと身をふるわせる。

人の腸《はらわた》を食いちぎる、異形《いぎょう》の怪物。先の戦で、アルアクバル王は悪魔も怯《ひる》む姿となってスペルビナの兵を喰らったという。あれほど無慈悲で残酷な王は他にいないと、辛《から》くも生き延びた騎士たちは怨《えん》嗟《さ》の涙を流していた。

「この城を訪れた際の立ち居振る舞いも、獣らしく野蛮であったとか」

「そもそもいくら王族の血を引いているとはいえ、プロスティブラを連れ帰るなどと、まともな者が言い出すわけがないでしょう。野蛮な獣であるが故よ」

噂の的であるイウサールの王は、半月ほど前にこのモルガナ城を訪れていた。ダヴィド王の第二子が生き残っていると聞き、その真偽を確かめに来たのだ。そして民の助命を請うたルスキニアを、望みと引き換えに後宮へ召し上げることを決めた。

「呪われた獣が、図々《ずうずう》しくもこのスペルビナの土地を踏んだかと思うと寒気がする」

スペルビナなどという国は、もうすでにない。

王も王都も焼け落ちて、生き延びた貴族の多くは国外へと逃れた。マレ卿のように土地に残った者たちは、新しく王となった獣へ恭順を示そうと躍起になっている。こうして湯浴みをされるルスキニアも、言ってしまえばそんな王への贈り物の一つにすぎなかった。

「獣の王は、天を突くほどの大男だったとか」

「服の裾から覗く尻尾を見たと、話していた者もおりますよ」

「醜い獣風情《ふぜい》が、人間のふりをするなど滑稽《こっけい》なこと」

醜い、獣。

三女の言葉に、ルスキニアは声もなく瞬いた。

馬上から、真っ直ぐに自分を見下ろした男の顔貌を思い描く。迷いのない腕でこの喉元へと白刃《はくじん》を突きつけた王は、果たして醜かっただろうか。

いや、違う。

むしろ、うつくしかった。

それまでルスキニアが目にしてきたどんなものよりも、イウサールの王は猛々しくもうつくしかった。

あの、眼。灰色の空で燃える、色のないスペルビナの太陽とは比べものにならない。男の双眸に宿るのは、残酷なまでに力強い朝焼けの色だ。

天も地も等しく焼きつくすあの色をもう一度間近で見られるのなら、この身が灰になっても構わない。胸に湧《わ》いた呟《つぶや》きに、ルスキニアは伏せた目元に笑みを滲ませた。

「醜くなど、ございませんでした」

不意に響いた声に、ぎょっとする。自分の胸の内が、知らぬ間に細い声になっていたのだろうか。

驚きに肩が揺れて、すべり落ちた金色の髪が水面に波紋を生んだ。

「イウサールの王は、醜くなどございませんでした。わ、私、見たのです。あの日…、王は恐ろしい眼をしておいででしたが、大層な美貌で、その上大理石の彫刻よりも隆々とした…」

「お黙りなさい、リリアーナ」

少女の口を借りて、自分が喋《しゃべ》っているのかと思った。

実際はルスキニアのための水差しを抱えた少女が、姉妹へと懸命に言い募《つの》っていた。

ぴしゃりと窘《たしな》められた少女もまた、マレ卿の娘だ。ただし正妻の腹ではなく、愛人の一人が生んだ娘であるらしい。同じモルガナ城に住みながら、彼女は異腹の兄弟姉妹たちに使用人同然に使われていた。

「獣に対して美貌だなどと…。そんな悍《おぞ》ましい言葉を口にする間があれば、早くお茶の用意をしていらっしゃい」

異母姉に叱責され、少女が早足に盥へと近づいてくる。布をくぐる際には礼儀正しく一礼し、少女はルスキニアの盥へと湯を注ぎ足した。

「…寒くはございませんか？　もう一杯、お湯を…」

「リリアーナ！　もうここの世話はいいから。お姉様はお茶を用意しろとおっしゃったのよ」

盥の湯が冷め始めていることなど、姉妹たちにはどうだっていいのだ。少女の戸惑いを背中に感じ、ルスキニアはちいさく頷いて見せた。

声を出すことは勿論、視線を合わせることもしない。王宮や凍える塔での暮らしと同様に、ここでもルスキニアの身を守るのは沈黙だけだ。もう一度深く礼を残した少女が立ち去ると、異母姉たちは口々に溜め息をもらした。

「全く、気の利かない子。どうせなら、あの子も獣に娶られればよかったのに」

「いやだお姉様。それはいくらなんでも獣の王に同情いたしますわ。ただでさえみすぼらしいプロスティブラを取り繕うために、大金を投じておいでなのですよ？　あの小娘までとなれば、いくら必要になるか」

姉妹が声を上げて笑う通り、イウサールの王はルスキニアのために潤沢すぎる支度金を用意した。金貨や宝石に留まらず、真珠が練り込まれたクリームや貴重な香水、高価な食料までもがこのモルガナ城に贈られたらしい。

伝聞にすぎないのは、ルスキニアの手元に届く前にそれらは姉妹や城の者たちに掠め取られていたからだ。

そうだとしても、花嫁とは名ばかりの虜囚に対し、イウサールの王は気前がよかった。ありあまる財力を見せつけることで、戦をしかけた自分たちの浅はかさを思い知らせようというのか。持参金も不要と告げられ、マレ卿は踊り出さんばかりに喜んでいた。

「精々《せいぜい》獣のお金でこの貧相なプロスティブラを磨き上げ、立派なご馳走…もとい花嫁に仕上げてやりましょう」

「そういたしましょう。ああ、あんな醜い獣の元に嫁ぐのが私たちでなくて、本当によかった」

姉妹たちに限らず、城内の誰もがそう思っているに違いない。

下等な獣の妻に選ばれたのが、取るに足らないプロスティブラで本当によかった。

そうした彼らの安堵も蔑みも、取り上げられた贈り物もどうでもいい。この瞬間、あたたかな湯に浸かれ食事の心配をせずにすむのなら、嘆くことはなにもなかった。

思いがけず、来たるべき結末がほんの少し先送りになっただけだ。それをあの塔で凍えながら待たなくてもよいだけでも、僥倖《ぎょうこう》だろう。

願わくば。

願わくばもう一度、あの朝焼けの色が見たい。

喉元を掠めた希求に、ふと笑みがこぼれそうになる。

強欲なものだ。初めてあの眼を見た時、終わりというものが明瞭な形を得たと、そう感じた。そしてそのことに、安堵さえした。

そんな自分が今は、新たな願いなどというものを抱き始めている。

いくつもの山と渓谷《けいこく》、大きな河と広大な大地。手練《てだれ》の商隊でさえ苦労を重ねて辿り着くその先に、イウサールはあった。見も知らない遠い遠い土地に、自分は死を賜るために旅立つ。

その結末を心待ちにする理由は、一つもない。それでももう一度あの輝きを目にするためだと思うと、心が凪《な》いだ。

あの炎に焼かれて燃えつきるなら、怖くはない。

そう、灰になるまで。

楽の音《ね》が、遠くに聞こえる。

宦官たちが、爪弾いているのだろうか。どこか物悲しい旋律を、知らずルスキニアは唇で辿った。

緑があふれる中庭には、すでに夜の帳《とばり》が降りている。中庭とルスキニアの居室を隔てるのは、大理石の柱の列とそれに支えられた馬蹄《ばてい》型の弧形《アーチ》だ。二列に重なって並ぶ円柱と中庭の緑は、どこから見ても完璧《かんぺき》な美を演出できるよう計算されている。楽園のような情景を間近に眺め、ルスキニアは静かに睫を伏せた。

「まだ起きておいででしたか、ルスキニア様。お休みになれないのなら、誰かに音楽でも奏でさせましょうか。ゲームのお相手も、そろっておりますよ」

朗らかな声に、顔を上げる。振り向けた視線の先で、にこにこと笑う壮年の男が礼を取った。

「宦官長様」

控えていた侍女たちが、軽やかな仕種で膝を折る。

白い羽根飾りを戴くのは、後宮を取り仕切るイルムだ。人懐っこい顔立ちをした宦官長は、セヘルよりも深い赤銅色の肌をしている。柔和そうな容貌に刻まれた皺が、この男が後宮ですごしてきた時間の長さを物語っていた。

「その後、王からの知らせはおありでしょうか」

立ち上がり、尋ねようとしたルスキニアを宦官長が押し止《とど》める。

「知らせは、特にございません。ですが明日こそはお戻りになるでしょうし、そうでなければ必ず使いの者が参りましょう。どうかご心配なさいませんように」

四日で帰ると約束したアルアクバルは、五日目の今日に至っても王都に戻ってはいなかった。訪れたジタールで、不測の事態に見舞われたのだ。

「王の身に、お変わりがなければよいのですが…」

ジタールへの訪問は、捕らえられた前宰相の支援者を検分する名目で行われた。だがそれは名ばかりで、実際の目的は大火後の復興を視察することにあった。それ故簡単な訪問のはずだったが、アルアクバルがジタールに到着するより前に異変は始まっていたらしい。

「ご安心下さい。先の知らせでも、王のご無事は確かとのことにございます」

王がジタールへ到着する直前に、前宰相の支援者とされた男が獄死した。裁判の結果首を刎ねられたのではなく、何者かによって殺害されたのだ。

結論から言えば、獄死した男はただの生贄にすぎなかった。その男以外にもジタールには前宰相に与《くみ》し、同じ蜜を分け合った者たちがいたらしい。彼らは自身に害が及ばないよう、適当な者に罪をなすりつけ幕引きを図ろうとしたのだ。

だがアルアクバルが視察に訪れることが決まり、彼らは恐怖した。視察を口実に物見遊山を楽しむだけの王ならば、すでに裁決が下った者の検分など二の次だっただろう。しかし何事も他人任せにしないアルアクバルは、悪事を働く者たちにとっては厄介《やっかい》だ。

生贄として首を刎ねられる予定の男が、王の前で全てを暴露したらどうなるか。そうなるのを怖れ、獄中で男を殺したのだろうが、それがかえって裏目に出た。

「以前宦官たちが教えてくれた話によれば、ジタールには私兵を抱えた高官も多いとか。大火の復興が進んでいないのは汚職のためとの噂もあるようですし、一人の罪が露見した今、疑心暗鬼になった他の者が自制を欠いてなにかしはしまいかと心配で」

王の出発前から、それは胸にあった懸念だ。ジタールの前知事は、先の宰相が取り立てた者だったと聞く。言うまでもなくアルアクバルもそうした点には十分に留意していたはずで、そもそもジタールへの訪問を決めたのも今回のような事態を炙り出すためなのかもしれない。そうだとしても、王の身を思うと不安が募った。

「そのようなお話を、よく覚えておいででしたね。確かにルスキニア様がおっしゃる通りではございますが、王の同行者は皆信望が篤く腕も立つ者ばかりです。ジタールの首長も、問題を起こした者たちの処分は迅速に行うと申しております故、どうぞご安心下さい」

昼間届けられた知らせでは、すでに騒ぎは落ち着き始めていると伝えられていた。約束通り戻れないがくれぐれも心配するなと、早馬に乗った使者は繰り返したらしい。

「分かっては、おりますが…」

「それならどうぞ、そのようなお顔はなさらずに。お気に病みすぎてお体の障りとなっては、それこそ一大事。お気持ちがやわらぐよう、やはり音楽を…」

「それより、私はゲームをお薦め申し上げます。ルスキニア様に打ち負かされた宦官たちが、泣きながら腕を磨いていると聞いております」

にこやかに割って入ったのは、セヘルだ。銀の盆を卓に置き、セヘルがあたたかな茶杯をルスキニアへと差し出した。

「ありがとうございます」

礼を言って受け取り、ルスキニアが迷うことなく器へと口をつける。

強い香りが届いたのか、宦官長がぎょっとしたように仰《の》け反った。

「セ、セヘル……！　お前、一体なにをルスキニア様にお出ししたのだ！　ル、ルスキニア様ッ！　おやめ下され！　毒でございます……ッ」

「宦官長様。これはセヘルが新しく調合してくれた薬です」

「く、薬ですと⁉　この匂い……！　嗅ぐだけで寿命が縮まりますぞ！」

宦官長が蒼白になるのも、無理はない。

ルスキニアが手にした器を満たしているのは、どろっと濁った深緑色の液体だ。甘いような、苦いような、青臭い木の根のような、なんともいえない強烈な匂いがする。

実際粉末にされたいくつかの植物の根が、濃い煎じ薬で溶かれているらしい。毒と言えば、毒だろう。しかし噎《む》せてしまいそうな独特な匂いとえぐみごと、ルスキニアは残っていた器の中身を飲み干した。

「ルルルルスキニア様……！」

迷いのないルスキニアの横顔に、おおお、と声にならないどよめきがもれる。宦官長だけでなく、侍女たちまでもが息を詰めて見守っていた。

「…相変わらず、見事な飲みっぷりでございます」

間髪入れず白湯《さゆ》を差し出したセヘルが、感極まった様子で頭《こうべ》を垂れる。

「なななにを喜んでおるセヘル！　いかに効用があろうとも、この薬こそ体に障る！　まさか毎日、こんなものをルスキニア様にお出ししているのではあるまいな」

「確かに、少々…匂いは、強い、かもしれませんが…、それでもこの薬を頂くようになってから、前にも増して体が軽い、心地がいたします。…それになんというか、こう…力が漲《みなぎ》りそうなお味で…」

「走り出したいほど不味《まず》い、の間違いでございましょうッ」

セヘルが作る煎じ薬は、その効能の高さで王城内外でも垂涎《すいぜん》の的だ。大臣たちもこぞって手に入れたがったが、見た目と匂いの強烈さから大抵の者が怖《お》じ気《け》づく。口に含めば尚更で、あの味と匂いを飲み干せるならば、どんな病も打ち倒せると噂されるほどだ。

「宦官長様も、ルスキニア様の豪胆さを見習われるべきです。ルスキニア様は、必要とあれば日に二度ならず三度でも、私の薬を飲み干すお覚悟を決めておいでです」

「三度…」

それはさすがに、今以上に心の準備が必要となりそうだ。

ごく、と白い喉が鳴ってしまう。今だって、不用意にうつむけば、えぐみの強い後味ごと液体が胸を迫り上がってくる気がする。だが言葉の通り、セヘルの薬を飲むと、じくじくと体に残る熱っぽさが薄れる心地がするのも事実だった。

「白湯だけでなく、なにかお口直しの菓子を用意させましょう。確か、ルスキニア様は氷菓子をお気に召しておられたはず」

侍女を呼ぼうとした宦官長に、ルスキニアが首を横に振る。

「いえ…、今夜はもうこのまま休もうと思います」

「ゲームもよろしいのですか？　宦官長様にお願いし、一番腕の立つ宦官をお連れ頂こうではありませんか。ルスキニア様にゲームの手ほどきをした宦官も、今ではまるで歯が立たない有り様。骨のある者を選んで打ち負かせば、少しはお気持ちが晴れるかもしれませんよ」

「…明日はいつ王がお戻りになるとも知れませんから、これ以上の夜更《ふ》かしは控えます。なにか知らせがあれば、どのような時間でも起こして下さい」

多くの寵姫が囲われていた王の代には、後宮には夜が更けるまで歌や笑い声が響いていたという。今でも王の訪れがない時には、侍女や宦官がルスキニアのために気を利かせ、音楽やゲームの相手をしてくれた。どれも興味深いが、今夜は一人静かにすごしたい。

知らせがあれば必ず伝えると約束した宦官長が、深く頭を下げて部屋を辞した。

「本当に、大丈夫でございますか？」

もう一杯、あたたかな茶を注いだセヘルが気遣わしげに念を押す。その視線が、卓に置かれた箱をちらりと撫でた。

磨き上げられた黒檀《こくたん》で作られたそれは、見るからに高価そうな文箱だ。セヘルの視線の意味を理解し、ルスキニアはそっと首肯した。

「セヘルもゆっくり休んで下さい。王がお帰りになれば、あなたの力が必要となることもあるでしょう」

無論、そうならずにすむのが一番だ。しかし伝え聞く限りでは、ジタールでの騒ぎは軽微なものとは思いがたい。

王は、ご無事だろうか。

怪我《けが》はないと聞かされていても、心配は募る。いかに屈強であろうと、アルアクバルは血を流しもすれば痛みも感じるのだ。

「早くお帰り頂ければ、よいのだけれど…」

帰れば帰ったで、王都にも王を悩ませるだろう案件は山と積まれている。

広大なイウサールを治めるのは、アルアクバルをしても安楽な仕事ではない。前宰相が腐らせたものを一掃し、新しく建て直すとなれば尚更だ。ジタールでの一件以外にも、新しい面倒事は次々と舞い込んでくる。

その一つが、目の前の文箱に収まる書簡だ。

一人きりになった居室で、ルスキニアはそっと文箱を指で辿った。収められているのは、王がジタールに立った日にセヘルによって届けられた手紙だ。

差出人は、リリアーナ。

よく知った名とは、言いがたい。かつて実父であるダヴィド王より、ルスキニアの身柄と養育を任されていたマレ卿の娘の一人だ。

養育と言っても、ルスキニアはマレ卿の元で育てられたわけではない。プロスティブラであるルスキニアは、生まれて以来スペルビナの正妃である母親と二人きり、王城の一室で隠されて育った。母親と引き離され、王都から遠いマレ卿の領地へと移されたのは十歳の頃だ。

辿り着いたのは、マレ卿の居城であるモルガナ城ではない。モルガナ城より更に北、暗い森の苔生《こけむ》した塔に、幼いルスキニアはたった一人で押し込められた。

冬は深い雪に閉ざされるそこは、貴人を隠すための石の棺だ。窓には鉄格子《てつごうし》が嵌まり、大きな暖炉には焼《く》べるための薪《まき》もない。王が支払っているはずの養育費は塔に辿り着くまでに消え、ルスキニアは日々干からびたパンにさえ事欠いた。

凍える石の塔を離れ、ルスキニアがモルガナ城に連れて行かれたのは王都が陥落した後のことだ。アルアクバルの後宮へと召し上げられることが決まり、出立までの期間をそこですごす運びとなった。二月《ふたつき》ほどの期間だったが、マレ卿はこれまでにもいかに自分がルスキニアのために私財を擲ち、心を砕いて世話をしてきたかを繰り返し語った。

そんなマレ卿も、今はもうこの世にいない。前宰相であるファイサルの反逆に加担した罪で、死を賜ったからだ。

マレ卿も前宰相も、露見すれば命はないと知った上でアルアクバルの暗殺を企てた。

彼らが死に至ったのは、他の誰でもなく彼ら自身の選択の結果だ。そしてその企みと、ルスキニア自身も無関係とは言いがたい。

聞くところによれば死に際し、マレ卿はルスキニアに助命を求め、それが適わないと知るとルスキニアこそ前宰相に連座すべきだと叫んだらしい。最後の最後まで、マレ卿はルスキニアを呪いながら死んだのだ。

そうしたマレ卿の最期《さいご》を知っても、涙は流れなかった。それどころか、どんな感情も湧きはしなかった。

今だって、そうだ。深く息を吐き、ルスキニアはすっかり冷めてしまった茶杯を両の掌でくるんだ。覗き込んだ水面に、青と銀の目を持つ自身が映る。

どれほど目を凝らしても、凪いだこの胸の内には漣《さざなみ》一つ立たない。憐憫《れんびん》も、悔恨《かいこん》も、なにもないのだ。人として、それは許されがたく薄気味悪いことだろう。だがそんな自分自身の姿を、ルスキニアはよく知っていた。

あの塔に暮らし、アルアクバルに出会う以前の己だ。こんな自分を、マレ卿が呪ったのも当然だった。彼がどんな口吻《こうふん》でルスキニアを罵《ののし》り、その罪を言い立てたかは想像に難くない。プロスティブラであるルスキニアが生き残り、高貴な身分である自分が粛清されるなど、絶対に納得できなかったのだろう。

マレ卿の娘であるリリアーナから送られてきた手紙にも、そんな父の無念が懇々《こんこん》と綴られているに違いない。

その覚悟を持って開いた手紙はしかし、意外にもルスキニアへの感謝が認《したた》められていた。

意外、というのは誇張がすぎるか。イウサールの後宮に暮らすルスキニアに手紙を書く以上、その内容が他者の目に触れないと考えるのは愚かなことだ。厳重に検閲《けんえつ》されるだろう手紙に、謀反の罪で斬首された男の娘が、恨み言を書いてよこせるわけがない。

だがそれを差し引いても、届けられた手紙には皮肉や怨嗟の気配は露《つゆ》ほども滲んでいなかった。

丁寧な筆跡で記されていたのは、マレ卿の行いに対する詫《わ》びと、モルガナ城で起きたことの簡潔な経緯、そしてマレ卿の死後ルスキニアより与えられた慈悲に対する感謝だ。

「私は何一つ、手助けなどしていないのに…」

手紙によると、マレ卿の娘は父親の死後に領地を追われ、今は苦労の末このイウサールに辿り着いているらしい。幸運な偶然に助けられ、上級大臣の一人であるヤズィードの元に身を寄せているという。

全てはルスキニアの慈悲のお蔭とあるが、それは一般的な方便というより具体的な謝意とも読み取れる。言うまでもなく、マレ卿は勿論その関係者の誰に対しても、ルスキニアは手など差し伸べてはいない。そうできる立場でもなかった。

「無事であるのは、なによりだけれど…」

マレ卿亡き後、その子女が辿った辛苦はいかほどのものだったか。

アルアクバルは、企みに関わった者はもらすことなく処罰した。正妻の子ではなく、使用人同然に扱われていたリリアーナが父親の悪事に加担していたとは思えない。だが騒動の規模を思うと、彼女が命を落としていても不思議はなかった。

それが故郷を追われはしたものの、命を繋いでいてくれたことは喜ばしい。しかし今こうして彼女がイウサールの大臣に庇護され、手紙をよこしてきた事実は手放しで喜べるものではなかった。

「誰が、リリアーナ様をこのイウサールに連れて来たのか…」

そしてどんな経緯で、彼女を上級大臣に引き渡したのか。

ルスキニアが知るリリアーナは、十七歳の自分より更に一歳ほど年下の、まだあどけなさが残る少女だった。他のモルガナ城の住人たちと同様に、プロスティブラである自分は彼女とも口を利いたことは数えるほどしかない。

もう一度深い息をこぼしたルスキニアの肩から、やわらかな髪がするりと流れる。

セヘルに告げた通り、王からいつ知らせが届くか分からない。眠れなくても、寝所には入るべきだろう。立ち上がろうとして、ルスキニアは長い睫をふるわせた。

物音を、聞いた気がしたのだ。

先程まで届いていた楽の音は、いつの間にか途絶えている。声を出すことなく立ち上がり、ルスキニアは居室の入り口へと足を向けた。

この居室が、侍女たちから密かに黄金の鳥籠と呼ばれているのを知っている。主であるルスキニアが、小夜啼鳥の名を持つことが一つ。そしてなにより、黄金の扉が豪奢な檻《おり》を思わせるものであることが渾名《あだな》の由来だ。

実際、かつてこの部屋は檻だった。幾何学《きかがく》的な透かし模様を持つ扉は、植物と星の意匠で飾られている。その透かし越しに、華奢な影が見えた。

ルスキニアの元に、香炉を運ぼうとしていたのか。その途中で盆を取り落としたらしい侍女が、通路の壁に縋りついてふるえている。華やかな容貌は青褪《あおざ》め、唇は悲鳴の形に歪んでいた。恐怖に凍りつく彼女の視線の先で、黒い影が動く。

闇だ。

夜に落ちる暗がりが凝り、そのまま一つの形を得たのか。

そう思えるほど、扉の前に立つそれは影と呼ぶには尚暗く、動かしがたい重みがあった。

「…っ」

侍女が声一つ上げられないのも、無理はない。扉を隔てたルスキニアでさえ、影が発散する恐怖にびりびりと肌が痺れた。

ほんの少しでも気を抜けば、その場にへたり込んでしまうのではないか。胃を握り潰されそうな圧迫感を覚えながらも、ルスキニアは静かに歩を進めた。

「…お帰りなさいませ。我が王」

そこに立つのは、故国を滅ぼした勇猛な獣だ。

扉を隔て、一対の眼が爛々《らんらん》と輝いている。朝焼けより残酷な、炎の色だ。全てを焼きつくす眼光が、ルスキニアを映して鈍く瞬いた。

ひ、と、侍女が声にならない悲鳴を上げる。恐怖に駆られ叫ぼうとした彼女を制し、ルスキニアは下がるよう右手で示した。

転がるように床を蹴った侍女を、獣の眼が一瞥《いちべつ》する。

収斂したその瞳孔は、人間の持ち物とは言いがたい。姿形こそは、人間のそれだ。だがまじまじと目を凝らし、確かめる勇気を持つ者はいまい。

人の腹を裂き、腸を貪る虎。

イウサールの民は、すでにそれが悪意ある噂だと知っている。だが芝居に熱狂していた者たちですら、今この瞬間ここに立つ男を目にしたらどうなるか。恐ろしさに泣き叫び、元宰相が流布した悪評こそが真実だったと確信する者もいるだろう。

腥い血の匂いと、拭いがたい死の気配。悲鳴よりも雄弁な静謐《せいひつ》さと、嵐のような暴虐とを煮詰めれば、それはきっと目の前の影になる。ふるえてしまいそうな奥歯を噛んで、ルスキニアは真っ直ぐに視線を上げた。

「我が王」

踏み出した一歩に、ぴんと毛皮に包まれた耳が跳ねる。同時に足元で、逞しい尾が大きく揺れた。威嚇、か。あるいは、警告かもしれない。それでもぎらつく双眸に、ルスキニアは憤怒《ふんぬ》とは違う色を見た気がした。

「アルアクバル様」

そっと、痩せた腕を伸ばす。

今度は明確に、男が低く唸った。

発達した牙とルスキニアとを隔てるのは、格子状の扉だけだ。かつてこの鍵のかかる扉は、イウサールに嫁いだルスキニアを閉じ込める役目を果たしていた。黄金の鳥籠の名の通りだ。だがこの瞬間、それはルスキニアの行く手を拒みはしない。

むしろ、護るものだ。

アルアクバルが望めば、扉は簡単に開くだろう。そうしないのは、男こそが檻を必要としているからだ。

王は、懼れている。

自分が解き放たれることを。ルスキニアを傷つけることを、誰よりも懼れているのだ。

「お怪我は、ありませんか？」

一歩近づくことに、鉄の匂いが重さを増す。むっと鼻先を覆う血の匂いは、きっと王自身が流したものではない。半歩退こうとしたアルアクバルへ、ルスキニアは扉越しに腕を伸ばした。

咎めるように、王の尾が床を打つ。構わず、ルスキニアは透かし模様の隙間から、褐色の肌へと触れた。

「お待ち申し上げておりました」

上手く、微笑《ほほえ》むことができただろうか。

見上げる男の双眸が、歪む。振り払われる、のだ。そう覚悟した右手を、汚れた手が摑む。

「っあ…」

鋭く伸びた爪を、低くもれた唸りを、怖れる気持ちはない。扉越しに引き寄せられ、がしゃんと鈍い音が鳴った。

金属にぶつかる痛みよりも、血と泥の匂いこそが鮮明に体を包む。そこに混じる獣の匂いに、ぶるっと踝《くるぶし》からふるえが込み上げた。

「王…」

閉じ込めるものであれ護るものであれ、もう檻など必要はない。鼻先に感じる唸り声に、ルスキニアは青褪めた瞼を閉じた。

　密着した皮膚が、溶けそうだ。

　間近に感じる体温の高さに、脳味噌が煮える。熱くて、苦しくて、気持ちがよくて、犬みたいに息が切れた。

「あ…、あぁ」

　唇から、引っ切りなしに恥ずかしい声がこぼれる。自分が上げているなど、信じられない。はしたないと、眉をひそめられても不思議はなかった。

　自分の想像に、鼻腔の奥が微かに痛む。わずかに逸《そ》れた思考を咎めるように、べち、とぬれた音が尻を撲った。

「んんァ、あっ…」

　勢いよく、重い腰をぶつけられる。深くまで届いた陰茎の硬さに、息が詰まった。

　絹の夜具が敷き詰められた、寝台の上だ。長衣を剥ぎ取られた肢体が、仰向けに折りたたまれている。痩せた体に残るのは、手足や髪を飾る宝飾品以外にない。守るもののない肌の上で、体温を吸った金属が時折固い音を立てた。

「あっあ、ひ…」

ぐり、と腰を捻られると、下腹でぬれた性感が弾ける。達して、しまったのか。咄嗟にそう思ったが、ルスキニアの性器は半端に勃起し揺れているだけだ。それなのに、気持ちのよさが途切れない。涙にぬれたルスキニアの頬を、熱い舌がべろりと舐めた。

「んあ…、や…」

伸しかかる男が、低く唸る。体重をかけて腰を落とされ、奥歯が鳴った。

射精、されているのだ。

臍下に広がった熱に、鳥肌が立った。熱いと感じるのは、錯覚かもしれない。だがどうしようもない熱に炙られ、首筋に汗が噴き出した。

「っう、ぁ…、あ」

上手く弛緩できない痩軀の上で、大柄な体軀がぶるっとふるえる。もう一度腰を捻られ、悲鳴がもれた。

「ア…」

名前を呼ぼうとした唇を、荒い息が舐める。獣じみた唸りを含んだそれは、ひどく気持ちがよさそうだ。それでいて、切迫した息遣いは剣呑《けんのん》ですらある。はあっはあっ、と大きく呻いた王の鼻先から、汗が玉を結んで落ちた。

「ん、ぅ…」

重い甲冑《かっちゅう》を纏い戦場を駆けてさえ、顔色を変えることがないと言われる男だ。そのアルアクバルが、今は口を開いて火のような息に身を任せている。

発情、しているのだ。

どんな時も冷静さを欠くことのない男が、自分に。

思い描くと、くらくらと頭の芯が痺れた。

「っあぁ、は…」

いつ、ジタールから戻ったのか。本当に、怪我はないのか。

尋ねたいことは、山とある。だが強い力で抱き竦められ、噛みつくように口づけられると全てがとろけた。ぐずぐずと背骨が溶けて、王の腕に崩れ落ちる。寝台までの距離ですら、焦れったく感じたほどだ。

これが、プロスティブラの肉体なのか。番《つがい》となった王の発情に呑み込まれれば、思考など意味をなさない。羞恥《しゅうち》はこの瞬間も爪先を舐めるが、それさえ興奮を引き出す材料にすぎなかった。

「う、あ…」

長い射精にふるえていた陰茎が、ずるっ、と動く。反射的に締めつけた肉の動きが、気に入ったのか。腹筋に力を溜めて耐えたアルアクバルが、笑うように顔を歪めた。

目元に落ちた陰《かげ》にさえ、男臭い艶が滲む。ぞくりと口腔《こうくう》が痺れて、ルスキニアは恥ずかしさに背をしならせた。

「…あ、王…」

肉の輪のきつさを楽しむように、二度三度と陰茎を出し入れされる。そんなふうに、動かしては駄目だ。そう思うのに、止めてはくれない。ふるえたルスキニアの尻から、ぬぽ、と時間をかけて亀頭が抜け出た。

「んん…」

終わった、のか。ようやく。途端に込み上げた疲労感に、瞼が落ちる。眠気というより、意識を失うのに近い。呑み込まれるように瞼を閉じた時、強い力が腕を掴んだ。

「え…」

目を瞬かせる間もなく、体をうつぶせに返される。絹にくるまれた枕に頬が落ち、ルスキニアは後ろを振り返ろうと身動いだ。

「つな…、待…」

頑丈な指が、今度は薄い腰に食い込む。そのまま尻を引き上げられ、声がもれた。

たった今まで繋がっていた場所を、アルアクバルへと突き出す格好だ。真後ろに陣取る男の視界に、なにが映っているのか。考えるのも恐ろしくて、ルスキニアは身をもがかせた。

「あ、王…」

散々掻き回されていた肛門は、つやつやとした内側の色まで晒してしまっているはずだ。肉の口をゆるませ、含みきれなかった精液を垂らしているだろう穴を覗き込まれ、目の前が赤く濁った。

「…や…、駄目…」

見ないでほしい。訴えようとしたルスキニアの腰に、熱い息がかかる。

嘘《うそ》だろう。深く屈んだ男の気配を間近に感じ、ルスキニアは前に這おうと抗った。無論、そんなものはなんの役にも立たない。硬い親指が、精液をこぼす穴をぐるりと撫でる。ぴくぴくとひくついた肛門を、ぬれた肉が小突いた。

「ひァ、あっ」

舌、だ。王の舌が、ゆるんだ穴をれろりと舐める。

事実を頭が認識すると、あり得ない状況に脳味噌が煮えた。ぞわりと鳥肌が立って、強すぎる性感が下腹を撲つ。

「ッあぁ、駄目、あ…」

大きく口を開いた男が、下から上へと舌を使う。張り詰めた陰嚢《いんのう》にまで舌が届いて、爪先が夜具を掻いた。

「や、ぁ、噛…」

尻の割れ目に沿って動いた口が、気紛れにやわらかな肉を噛んでくる。

痛みよりも、尖った歯の形そのものに背中がふるえた。怖いはずなのに、口に含まれ舌を使われると、どくどくと鼓動が跳ねる。

いけない、こんなこと。声にして懇願したはずなのに、こぼれるのは喘ぎだけだ。はっ、はっ、と吹きかけられる息が熱くて、足の裏までもがびりびりと痺れる。興奮にひくつく尻穴を、器用な舌先が引っかける動きで捲《めく》った。

「あぁっ、動か…」

熱い息に、炙られる。

果たしてそれは、人の息遣いであるのか。

自分の想像に、ぞくっと背筋がふるえた。

「っひ、ァ…」

れろりと、尾骶骨《びていこつ》を越えた舌が腰へと動く。伸しかかる体が近くなり、ごつごつとした指がもう一度腰を捕らえた。五指を持つそれは、間違いなく人間の手だ。だが鋭く伸びた爪は、禍々《まがまが》しすぎる。

「んぁっ、や、王…」

べちんと、弾力のある肉が尻の割れ目を打った。ぬれた陰茎は、萎えていない。あんなにも長く、射精したはずなのに。考えるとくらくらして、呼吸が一層早く浅くなった。

だがそれ以上に恐ろしいのは、背中に伸しかかる巨軀の気配だ。

はっ、と荒い息を落とすアルアクバルは、奥歯が凍るほど大きい。元より、大柄な男だ。だが今背を覆う気配は、ルスキニアを押し潰してあまりある巨《おお》きさと重さがあった。

「あ…、ぁ、駄目…」

ひくつく肛門の上を、張り詰めた亀頭がにゅるっと動く。手を使って、狙いを定める間も惜しいのか。腰だけで穴を確かめた男が、ルスキニアの真横に左腕を着いた。

「ぁ王…」

視界を掠めた腕は、みっしりと逞しい筋肉に覆われている。だが褐色の肌を持つはずのそれは、人間のものよりも一回り以上大きく見えた。

「待、ぁ…」

懇願も、意味をなさない。

むっちりとした亀頭が、唾液と精液でぬれた肛門に密着する。

深く、口づけられるみたいだ。力を入れて拒もうにも、太い肉で掻き回され続けた穴はふっくらとゆるんでしまっている。持ち上げる動きで腰を進められると、充血した肉の輪がひくつきながら口を開いた。

「は、っひ、ァ、王…」

充血した表面と同様に、穴は内側まで十分に潤っている。ぬちょ、と精液ごと空気を潰す音を立て、陰茎が深く進んだ。

「ひっあ、あ…ァ」

みっちりと、詰め込まれる。狭いはずの穴は、もうアルアクバルの形に拡げられているのだ。尻臀《しりたぶ》に陰嚢が当たるほど深くまで挿入され、顎が上がった。

「っはっ、ぁ、深…」

先程までより、ずっと奥に届いている。行き止まりと思える場所を、ごつ、と重い衝撃が小突いた。

「あッ、駄…、あぁ…」

目の前で、光が散る。

長い、のだ。

尻に埋まる陰茎は、先程まで繋がっていた肉よりもきっと長い。そしてぱつんと膨れた亀頭から下に続く形そのものも、異なるのだろう。腰を引かれると、ごつごつとした瘤が敏感な場所を押し潰した。

「っあ、っ待…ぁ、ひ…」

人の姿をしたアルアクバルの陰茎は、血管を浮き立たせた恐ろしい形をしていた。十分な太さと長さを持つそれは、喉が鳴るほどにいやらしい。だがこの瞬間、ごりごりとルスキニアの直腸を掻き上げる性器は歪《いびつ》な凹凸《おうとつ》を持っていた。

瘤とも返しともつかないものが、亀頭の下から陰茎のつけ根近くまでを取り巻いている。血管よりもはっきりと感じられるその凹凸が、腹側の器官を何度も圧迫した。

「…っ王、あ、ア…」

なめらかに出入りする陰茎が、ずるる、と亀頭近くまで抜け出る。その長さに、身ぶるいした。尻から腰骨が離れてしまっても、まだ亀頭は穴の締めつけを味わっているのだ。

悶え、左右に揺れた尻がおかしかったのか。ぐるる、と低い喉音がうなじを舐めた。

獣の、声だ。

笑うような唸りをもらした男が、どす、と大きく腰を突き上げる。臍下にまで衝撃が響いて、腰が持ち上がった。

「ひァ…、あ、ぁあー…」

ごちゅ、とぬれた音が、自分自身の体を伝わって耳に届く。爪先をきつく丸めても、性感をやりすごすことができない。苦しむ爪先が、寝具を掻いた。

挿入の、深さのせいばかりではない。尻にこすれ、背中に当たる被毛の感触にも声がもれた。

「…あっ、んぁ」

肌をくすぐるのは、もはや褐色の肌ではない。

やわらかな毛皮が、剝き出しの背にこすれた。

汗ばんだ肌と肌が密着する感触にも、ルスキニアはいまだ慣れてはいない。だがしなやかな毛皮が素肌に当たる感触は、それ以上に日常からかけ離れたものだ。

虎と、繋がっている。裸の自分が、なにと性交しているのか。その現実を否応なく突きつけられ、首筋に汗が噴き出した。

「っ王…ぁ、ア…」

名を呼ぼうとした首筋に、ふ、ふ、と荒い息が落ちる。

大きな鼻面からもれる息は、熱くて重い。寝台に満ちた汗と精液の匂いに、むっと濃厚な獣の匂いが混じった。それにさえ、興奮をあおられる。

ぎゅっと締まった穴の動きが、気に入ったのか。ぐるる、と喉を鳴らした王が、繋がった腰を低く落とした。はずみで前に崩れたルスキニアを、強靭な体軀が追いかける。

寝台に置かれた男の腕が、獲物を逃がすまいと力を溜めた。前脚と、呼ぶべきか。ぎちぎちと力を漲らせるそれは、鋭い爪を寝具に食い込ませている。

「あ…」

肉の瘤で粘膜を搔き上げられ、何度目かの光が目の前で爆ぜた。これ以上奥には、入りようがない。そう思うのに、行き止まりだと思える場所に亀頭が食い込んでくる。

冷たい汗が噴き出すほど怖いのに、ぞくぞくと背筋が痺れた。もう気持ちのよさも苦しさも、どろどろに溶けて区別がつかない。喘ぎ続ける唇から、飲み込みきれない涎がとろりと垂れた。

「ぅう、あ…、あッ…」

上気した首筋を、牙を持つ口が甘く噛む。肩胛骨《けんこうこつ》に沿って舌を使われると、たまらない。陰茎を呑んだ尻に力が籠もって、ぐるる、と背後で低い喉音が鳴った。

奥を小突いた亀頭が、撥ねるようにふるえる。先程以上に明瞭な熱さを下腹に感じ、ルスキニアは喉を反らせた。

「んぁあ…、あー…」

怖いくらい深い場所に注がれて、目の奥がちかちかする。ぬれきった自分の声こそが、動物の鳴き声みたいだ。

最後の一滴まで、吐き出そうというのか。アルアクバルが、何度も腰を揺する。そのたびにやわらかな腹の被毛が背中にこすれ、痩軀がのたうった。

「ひ、ぅ…ぁも…」

今度こそ、泣き声になる。泥のように、手足が重い。崩れ落ちた細い肩を、あたたかな鼻面が突いた。ふす、と熱い息を吐き散らした雄が、額を押しつける。労《いたわ》る、動きだ。同時にそれは、強請る動きでもある。

「あ…」

無理だと、首を横に振ろうにも動けない。がる、と巨軀に反響する深い声が、振動を伴って鼻先を舐めた。陰茎は、まだ尻の奥で脈打っている。

べろりと耳裏を舐められ、声が出た。漆黒の焔《ほのお》を宿す双眸が、光る。それはやはり、人の身に宿せるものではない。

　重なった体越しに喉音が伝わって、ルスキニアはぬれた背を悶えさせた。

　ひどく、喉が渇いている。けほ、と空咳《からせき》が込み上げて、ルスキニアは肩を揺らした。

　咳《せ》いては、駄目だ。強く咳き込めば、一層苦しくなる。なによりこの忌々しい音を聞くと、下男たちが顔をしかめた。

　汚らしいプロスティブラが、また嫌な咳をしていやがる。厄介な病気が広がったら、どうしてくれるのだ。

　嫌悪に満ちた舌打ちをもらされると、堪えがたい悪寒《おかん》が益々《ますます》背筋を舐めた。かたかたとふるえる痩軀を、できる限りちいさく丸める。咳を殺し、息を殺し、自分自身の存在さえ何者からも隠せるように。願い、喘いだルスキニアの隣でなにかが動いた。

　大きな、ぬくもりだ。

　気づいた途端、意識が浮上した。

「…っ…」

　は、と、縮こまっていた体から、息がもれる。薄闇のなかで、ルスキニアは自分が広い寝台に身を預けていることを思い出した。

ここは、故国ではない。雪に閉ざされた、あの骨まで凍る石の塔ではないのだ。

思い至ると、安堵が込み上げた。

安堵。

そんな感情を抱いた自分に、二度驚く。まだ上手く嚙み合わない思考を手繰《たぐ》り寄せ、ルスキニアはちいさく身動いだ。

体が、痛む。

熱を帯びた節々が軋《きし》んで、ルスキニアは声もなく呻いた。乾いた咳が、けふりともれる。

何故、これほど喉が渇いているのか。何故、体中が熱っぽく重いのか。すぐに蘇った記憶に、ルスキニアは青褪めた瞼をふるわせた。

ルスキニアのすぐ傍らに、暗く濃い影がある。

みっしりと筋肉を纏った腕が、痩軀を胸元深くに抱え込んでいた。力が抜けた腕は、ずっしりと重い。

本当に、大柄な男だ。そして、あたたかい。

凍《い》てつく北の塔ですごすルスキニアの手足は、夏でも氷のように冷えていた。それが当たり前だと思っていたのに、今こうして男の臑に絡む爪先はあたたかな血を通わせている。足先を動かす代わりに、ルスキニアはそっと視線を持ち上げた。

精悍《せいかん》な容貌が、すぐ鼻先にある。

向かい合う形で、アルアクバルが双眸を閉じていた。

眠って、いるのだ。当たり前のことなのに、ちいさな驚きが胸を打つ。

それと分からないほど微かな寝息をもらし、男は深い眠りに就いていた。

漆黒の瞳孔を持つ双眸が隠されると、わずかだが荒々しい気配が薄れる。気難しく冷徹な王という印象以上に、容貌の端整さこそが際立った。まるで神が鑿《のみ》を振るい、大理石に刻んだ英雄の像そのものだ。いや、血の通わない像などより、鼓動するアルアクバルの存在感は圧倒的だった。

そんな男と、この寝台でなにをしていたのか。

思い出すと、かぁっと耳まで熱くなる。

どれほどの時間繋がっていたのか、記憶はひどくおぼろげだ。アルアクバルがジタールの視察から戻ったのは、夜更け前だった。今も、周囲には深い闇がある。だがそれが夜明けを待つものなのか、夜の始まりにすぎないのか、まるで分からない。

発情の熱に浮かされると、時間の感覚さえ曖昧《あいまい》になる。

あれから一晩しか経っていないと言われればそうだろうし、十日経っていると言われても頷くしかなかった。微かに、アルアクバルの手から果物や水を与えられた記憶がある。きっとアルアクバルの帰還から、二、三日は経っているのではないか。

羞恥と共に改めて渇きを覚えたが、体を起こそうとは思わなかった。嚙み痕を重ねられた皮膚がひりつき、体中の関節が重いせいばかりではない。

今夜のアルアクバルは、本当によく眠っている。

発情に呑まれている間は、王もまた寝食を忘れた。ほとんど休みもせずルスキニアを貪るが、それ故に衝動が治まると疲労に見舞われるのだろう。

疲労、などというものが、アルアクバルにもあることに驚かされる。

王は、誰よりも強靭な男だ。神にも等しく崇められるアルアクバルには、凡夫《ぼんぷ》の苦しみなど存在しない。誰もが、そう信じた。ルスキニアでさえそうだ。

だがこの瞬間、月明かりに浮かぶ男はどうか。

昏々《こんこん》と眠るアルアクバルの目元は、わずかに落ち窪んでいる。夜具から覗く肩口に古い傷痕を見つけ、ルスキニアは眉間を曇らせた。

肩口だけではない。ルスキニアの首の下へと伸ばされた右腕にも、引きつったような傷痕がある。鎖骨の脇《わき》にできた肉の盛り上がりは、きっと古いものだろう。寝具を捲れば、腰骨の上にも背中にも、いくつもの縫合の痕が残ることを知っていた。

果たしてどれほどの傷が、この体に刻まれているのか。ざらりとした苦さを飲み下せず、ルスキニアは細い指を伸ばした。

無残な傷痕は、アルアクバルの人生そのものだ。民は、アルアクバルの輝かしさに熱狂する。完全無欠の王を讃えるが、その傷に目を凝らす者は少ない。

アルアクバルは、常に自らの血を流してきた。戦場においてのみならず、宮廷にあってもだ。

暗い噂も、ある意味では正しい。玉座に辿り着くまでにも、それに就いた今も、アルアクバルの足元には血溜まりが広がっている。それこそ、白銀だった被毛が黒く染まるほどに。

ジタールでも、そうだったに違いない。

自分の想像に、ルスキニアは珊瑚《さんご》色の唇を噛んだ。

宦官長たちからこぼれ聞いた話からも、ジタールでの結末が陰惨なものであったことは想像できた。アルアクバルは、自らの手で火の粉を払ったのだろう。それを躊躇する男ではない。だが血の匂いを、楽しみもしないのだ。

「…あ…」

触れるか触れないかの動きで、肩に走る傷痕へと指をすべらせる。盛り上がった瘢痕《はんこん》を確かめたその時、黄金色の双眸が瞬いた。

音など、しようがない。だが夜の沈黙の底で、息が止まるかと思った。

「ア…」

名を呼ぼうとしたルスキニアの痩軀を、二本の腕が抱き寄せる。

「どうした」

どこか、痛むのか。

喉に絡んだ低音が、息を混ぜて問う。まだ完全には、覚醒していないのか。眠りの半ばから尋ねられ、新しい驚きが喉元を掠めた。

「いえ、王こそ…」

王こそ、傷は痛まないのか。思わず尋ねたルスキニアに、アルアクバルが眼を閉じて笑う。

「古いものばかりだ」

そうだとしても、いまだ疼き、血を流す傷もあるのではないか。ただその痛みに、アルアクバルが頓着《とんちゃく》しないというだけで。

「…ご無理は…、なさらないで下さい」

それこそ、無理な願いだと知っている。だが、祈らずにはいられない。真剣に訴えたルスキニアに、男が息だけで笑った。

愚かな望みを、一蹴《いっしゅう》されるのか。瞼がふるえたが、そうではないらしい。ごそりと足を絡められ、ルスキニアは首を傾《かし》げた。

「…王？」

「今夜は、冷えてはいないようだな」

被毛に包まれた耳をちいさく揺らし、男が満足そうに呟く。厳《いか》つい親指で足の甲を確かめられ、それがルスキニアの爪先を指すものだと知った。

「つ、冷たかったですか？」

冷えた自分の手足が、男の眠りを妨げていたのか。慌てて足を引こうとするのを、重い脹《ふく》ら脛《はぎ》が阻んだ。

「逃げるな」

一度だけ開かれた眼が、ぎろりと命《めい》じる。がるる、とちいさな唸りが耳に届いた気がするが、威嚇するものではないらしい。獲物を見る眼でルスキニアを映した男が、鼻面まで使ってその痩躯を引き寄せた。

「王、私は逃げたりなど…」

「お前がいると、よく眠れる」

それは、聞かせるつもりのない言葉だったのではないか。そもそもこの瞬間、男は自分の口が動いていることを自覚していないかもしれない。ごそごそとルスキニアを抱えなおしたアルアクバルが、頑丈な顎を白い額へと擦《す》りつけた。

「意識を手放すのは、忌々しいことだと思ってきたが…」

低く呻き、男が肺の奥から息を絞る。

痩躯に絡む腕も密着した体も、ずっしりと重い。そしてやはり、ひどくあたたかかった。

満足そうにもらされた息の終わりが、微かに鼾《いび》く。

先程よりずっと、深い息だ。ゆっくりと眠りに沈んでゆくアルアクバルに、ルスキニアは知らず息を詰めていた。

男にぬくめられた爪先は、ルスキニアにも穏やかな眠りをもたらそうとしている。この身が凍えようが飢えようが、故国では気にする者など誰もいなかった。ルスキニア自身、自分がそう扱われるのに疑問を覚えたこともない。

お前を軽んじる輩《やから》は、誰だろうと許すものか。たとえお前の父王であろうと、万死に値する。そう怒りを露わにしてくれたのは、アルアクバルただ一人だ。

この男の、役に立ちたい。

それはルスキニアの胸に芽生えた、初めての希求だった。王族に生まれた者の務めでも、イウサールの後宮に入った妃としての望みでもない。ルスキニア自身が、初めて強く望んだことだ。

ではこの身に、なにができる。プロスティブラである、この身に。

そう考えた時、胸に閃《ひらめ》いた答えは一つだった。

子を、なしたい。

耳と尾を持つ王の子を、この腹に宿せたら。

後宮に嫁した当初、アルアクバルは獣の子を孕む覚悟があるかとルスキニアに問うた。今なら、迷いなくそれに応えることができる。

覚悟は、あった。

叶《かな》うなら、今すぐにでも王の子を授かりたい。

それがルスキニアの、たった一つの願いだ。

アルアクバルに出会うまで、自分がそんなものを欲しがるなどまるで想像していなかった。そもそもなにかを欲しがる心自体、身の内にあったとは言いがたい。

本当にこの体に子を孕む機能が備わっているのか。備わっていたとして、女性でさえ危険な出産に堪え得《う》るのか。確証は、何一つない。それでも、構わなかった。

なにを犠牲にしてでも、手に入れたい。この身でさえも。

強情なまでのこの希求をセヘルが知れば、もうルスキニアを無欲だなどとは言えなくなるだろう。いやすでに、セヘルはこの胸の内など察しているのか。

自分の想像に、ルスキニアは淡い睫を伏せた。

王の役に立ちたいと望むこと自体、きっと大それたことだ。それでも、願わずにはいられない。

アルアクバルの眠りが、穏やかなものであるように。輝ける王の魂が、これ以上血を流すことがないように。

胸の奥で繰り返し、傷痕が残る王の鎖骨へと額を寄せる。鼻腔を満たす肌の匂いに、血の苦さは混じらない。静かすぎる夜の底で、ルスキニアは祈るように目を閉じた。

「こちらはベリエール国より献上されました、サファイアの首飾りでございます。ご覧下さい、この深い青。一番星が輝く空のようでございましょう？　大きさもさることながら、このように濃い色をした石は大変珍しいものでございます」

恭《うやうや》しい口上と共に、セヘルが華やかな銀の小箱を差し出す。

収められているのは、白金で編まれた首飾りだ。花枝のような細工の上に、粒のそろった真珠が鏤《ちりば》められている。それだけでも溜め息がもれるほど贅沢だが、真珠の中央で輝くサファイアの眩さはまた格別だった。

セヘルの言葉の通り、それは澄んだ夜の空のように深い色をしている。涙型に刻まれた形も端整で、ルスキニアの親指ほども大きさがあった。

「…どうした。気に入らんのか」

低い声が、頭上から降る。

ううう、と唸りを含んだ響きに、ルスキニアは慌てて首を横に振った。

「いえ。あまりにも眩しくて」

掌へと載せられた首飾りは、実際直視しがたいほどに眩い。ずっしりと重みがあり、覗き込むと目の底がちかちかと痛みそうだ。

「宝石の輝きでは、腹は膨れんという顔をしているぞ。…同じ大きさなら、氷糖を贈った方がお前は喜ぶのではないか」

「氷糖…」

手のなかの大きな宝石が、もし結晶化した甘い砂糖であったなら。想像すると、不覚にも喉が鳴りそうになる。見透かすように、牙を持つ唇が背後からうなじを囓った。

「っあ…」

「それとも、広場にいた飴細工屋の親父を呼ぶか」

飴細工屋とは、先日王と二人で訪れた夜の広場にいた者のことか。夜市の高揚と、溶けた砂糖の匂いとが蘇り、今度ははっきりと喉が鳴った。素直すぎる咽頭の動きをじっと見つめられ、ルスキニアが慌てて居住まいを正す。

「ち、違います、このように美々しい宝石など、私には過分なもので…」

取り繕おうにも、分が悪い。そっと振り返ろうとした肢体を、逞しい二本の腕が抱き竦めた。

大柄な男の、膝の上だ。

絹張りの長椅子に、アルアクバルがかけている。その膝に背後から抱えられる形で、ルスキニアは痩軀を預けていた。

「腹を立てたわけではない。宝石を用意させたのは、飴だの氷菓子だの、そんなものだけで我が妃のの機嫌が取れるなどと思っていないことを、知らしめたかっただけだ」

結局お前は、宝石より氷糖の方が魅力的な様子だがな。

そう唸った男の足元で、太い尾が揺れる。無骨な物言いに比べ、艶やかな尾は雄弁だ。たんたんと音が鳴るほど絹を叩《たた》いたその動きに、ルスキニアは自分を抱える男を仰ぎ見た。

「王がお与え下さいます喜びは、いつでも私にとって特別なものでございます」

高価な宝石であろうと甘い菓子であろうと、王からの贈り物を嬉《うれ》しく思う気持ちに違いはない。品物は勿論、アルアクバルが与えてくれるその真心こそがルスキニアにとっては特別なのだ。

「確かに、その自負はあるが」

のふりと、頑丈な顎が肩へと落ちる。ヴェール越しに男臭い鼻面を擦りつけられ、甘い痺れが首筋を撫でた。

まるで、大型の獣に伸しかかられる心地だ。大きな手で脇腹をぞろりと撫でられ、あ、と声がもれる。首飾りを取り落としそうになった痩軀を、逞しい腕が一際強く抱き締めた。

「お、王…」

「…分かっている」

苦り切った声と共に、灰色の尾が長椅子を打った。

「…すまなかった」

今、王はなんと言ったのか。

ぎょっとしてふるえたルスキニアの目元から、霞のようなヴェールがずれる。半端に覗いた左の瞳に、苦々しく歪んだ王の双眸が映った。

「二度とあんなふうに、お前を扱いはしないと約束したのに」

骨張った掌が、もう一度左の胸を撫でて下腹へと降りる。痩せて肉づきが薄くなった様子が、掌からも読み取れるのか。王の眉間に刻まれた皺が、深さを増した。

あんな、ふうに。

それがどんな行為を指すものかは、嫌でも分かる。王が城へ戻ったこの四日近くを、ルスキニアは寝所ですごした。獣の衝動に呑まれ、発情を迎えたアルアクバルと寝食を忘れて繋がっていたのだ。思い出すだけで、じんと重い熱が下腹に溜まりそうになる。薄い肩のふるえを、どう理解したのか。ぐ、と傾いた王の耳の形に、ルスキニアは大きく首を横に振った。

「王は、お約束を違《たが》えてはおりません。私を傷つけることもなければ、私は傷ついてもいないのです」

初めて寝所を共にした後にも、アルアクバルはルスキニアを気遣った。

ルスキニアにとって、それは驚き以外の何物でもなかった。

父王を討ったアルアクバルは、野の鳥を射るより簡単にルスキニアを屠《ほふ》ることができる。そのアルアクバルこそが、ただ一人ルスキニアを生身の人間として認め、扱ってくれたのだ。

「傷ついてないわけがないだろう」

吐き捨てた男が、ルスキニアの右腕を摑む。貴重な首飾りが指先からこぼれたが、アルアクバルは気にも留めない。ほっそりとした手首を掌に収め、王が鼻面に険しい皺を寄せた。

「…私の肌の色が、大袈裟に見せるだけです」

アルアクバルが睨《ね》めつける手首には、青黒い痣《あざ》が浮いている。

発情の最中、加減を欠いた力で摑まれ刻まれた痕だ。無残に変色したそれは、右腕のみに残るものではない。長衣を剝がされれば、真珠色の肌のあちこちに浅く裂けた嚙み痕や、黄味を帯びた痣を見つけることができた。

「百歩譲って傷ついていないとすれば、それはただ、お前の強さを俺が毀損《きそん》し得なかった、それだけのことだ」

犬歯を剝き出しにした男の声は、低く平坦だ。

しかしそれは、どこまでも苦い。

長い間、アルアクバルは身の内に棲む獣を征服しようと努めてきた。賢明な男は、その獣がアルアクバル自身であることを知っている。

誰よりも冷静沈着で、誰よりも大胆で、誰よりも狡猾《こうかつ》な相手が互いを出し抜こうと鬩《せめ》ぎ合うのだ。

だがいかに手強かろうと、我が身の支配者はアルアクバル一人でなければならない。自分自身の影さえ制御できないなど、男には許しがたいことなのだろう。

「おやめ下さい、王。私は王がご無事でお帰りになっただけで…」

「お前が無事でなければ、意味などあるか。言え。宝石だろうが氷糖だろうが、お前の望みはなんだ。氷菓子でも構わん」

それで帳尻が合うとは、到底思えないが。

そう呻いた男にそっと手首をさすられ、舌の奥に甘い味が蘇る。

遠い山の頂《いただき》から取り寄せた雪に、氷室《ひむろ》で眠る氷を合わせ蜜によって味つけられた菓子は、熱いこの国では最高の贅沢だ。舌に浸みる冷たさと、甘酸っぱい柑橘の香りを思い出すだけでうっとりする。

思わず溜め息が込み上げたが、ルスキニアは思い直して首を横に振った。

「どうした、冷えるのか」

大抵の場合、ルスキニアはなにを食べても喜び、屈強な兵士でさえ尻込みするセヘルの煎じ薬にも文句一つこぼさなかった。ものの好き嫌いを取り立てて口にしないルスキニアが、目に見えて喜んだものが氷菓子だ。そんな好物を断るとは、体調が優れないのか。がばりと身を乗り出した王に尋ねられ、ルスキニアは慌てて首を横に振った。

「いえ、そのようなことは。…もし、我《わ》が儘《まま》をお許し頂けるなら、氷糖を一粒、頂けますか…？」

一粒どころか、一舐めだろうと図々しい望みかもしれない。

そっと申し出たルスキニアに、男が迷うことなく頷いた。

「一粒と言わず、商家の蔵ごと贈ってやろう」

「またそのようなご冗談を…！　このサファイアほどの氷糖が一つあれば、雪山でも三日は生き延びられます」

「誰がお前を三日も飢えさせるか。雪山など以ての外だ」

雪、という言葉が、アルアクバルになにかを思い出させたのか。一喝した男が、形のよい眉を吊り上げた。

「雪といえば、マレ卿の娘という者から手紙が来たそうだな」

ヴェールに包まれた肩が、ぴくりと揺れそうになる。

王がジタールに立った直後、ルスキニアは一通の手紙を受け取った。その事実は無論内容に至るまで、アルアクバルはすでに把握しているのだろう。

今更驚くことではない。後宮は、強大な権力を握る王の住まいだ。情報であれ物品であれ、そこにどんなものが持ち込まれようとしているのか、厳しく検《あらた》められるのは当然だろう。

「はい。先日、セヘルから受け取りました。仔細《しさい》のほどは分かりませんが、どなた様かによってマレ卿のご息女が故国より連れ出され、このイウサールまで逃げ延びられたご様子です。今はヤズィード大臣の元に身を寄せておいでとか」

マレ卿の娘から送られた書簡には、ルスキニアの庇護によりイウサールに至ったと記されていた。一般的な方便だと思えるが、もしかしたら、リリアーナをこのイウサールまで運んだ誰かが、道中でルスキニアの名前を利用したのかもしれない。命の危機から脱するためならば、あり得ることだろう。だが反逆の罪で処刑された者の娘を、ルスキニアが秘密裏にイウサールへ呼び寄せたと誤解されては穏やかではない。言外に関与を否定したルスキニアに、アルアクバルは表情を変えることなく頷いた。

「よく知る娘なのか？」

「故国を立つ際、準備のためモルガナ城にいくらか身を寄せました。そこでお顔を拝見したことはございますが、私はプロスティブラの身でもありますし、親しく口を利くことはありませんでした」

モルガナ城の、いやスペルビナの者たちは、皆プロスティブラであるルスキニアを家畜にも劣る厄介者としか見ていない。そんなルスキニアと親しく口を利く者など誰もいないのだ。

「その娘が、お前との面会を望んでいるらしい。引き合わせてはもらえないかと、ヤズィード大臣から内々に打診があった」

「私に？」

リリアーナが自分に会いたがる理由など、まるで思い当たらない。

しかしこの国において、彼女にルスキニア以外頼れる者がいるとは思えなかった。プロスティブラとはいえ、今やルスキニアは王の寵愛を独占する妃だ。いかに細い縁だろうと、縋ろうとするのは無理からぬ話でもある。

「招きたいか。それとも断りたいか」

無骨な王の口吻に、含みはない。

マレ卿を始め、王に弓を引いた者たちとの繋がりを否定するためには、マレ卿の娘との面会など断るのが得策だ。今はアルアクバルの寵愛を受けていようとも、自分がかつては敵であった国の王族である事実に変わりはない。誠実さを示すためにも、身の処し方には常に慎重であるべきだ。

同時に、モルガナ城で目にしたリリアーナの姿が蘇る。

あの利発そうな声をした少女が国を追われ、異国に流れ着くまでにはどれほどの辛苦があったか。思い描けば、刺すような痛みが胸に走る。

大臣はリリアーナがルスキニアとの面会を望んだと王に伝えたようだが、それが真実とは限らない。むしろ状況から考えれば、大臣こそがルスキニアとの再会を画策していると見るべきだろう。

狙いは、明白だ。

ルスキニアとの面会を口実に、リリアーナを後宮に送り込みたいのだろう。

スペルビナの王子であったルスキニアを寵愛する王の後宮に、同じくスペルビナ出身の貴族の娘を差し出そうとする者がいても不思議はない。

それを断り、リリアーナを突き返すのは、大臣の面子《めんつ》を潰す行為となる。

前宰相の父で、アルアクバルの伯父に当たるヒシャームに取り立てられたヤズィード大臣は、宮内学院出身の実力者だ。前宰相との繋がりは深いが、謀反への加担は否定されている。前宰相に近いとの理由だけで冷遇するには、名家の出でもあるヤズィードの影響力は無視しがたかった。

アルアクバルにとっても、今はヤズィード大臣と敵対するよりその力を利用したいところだろう。いずれにしても、大臣に恥をかかせても利益はない。

ルスキニア自身の身の潔白を示すため、リリアーナを突き放すか。あるいは王の立場やリリアーナの安全を思い、面会するか。選びがたいだけでなく、どの場合もルスキニアは深く利害に関わりすぎている。そんな立場で、口出しをしていい問題とは思えなかった。

「王の、御心《みこころ》のままに」

喘ぐように、頭を垂れる。

ルスキニアがこれまで生きてきた状況において、それは常に最善の応えだった。だが自分を膝に抱く男にとっては、どうか。

アルアクバルは、この身に盲従《もうじゅう》を求めているわけではないだろう。分かってはいるが、身に染みついた習性は捨てがたい。周囲の利益を左右しかねない問題に、軽々に嘴《くちばし》を突っ込む勇気は持たないのだ。

「お前の望みはなにかと、聞いている」

「王のご多幸以外には、ございません」

それは、衷心《ちゅうしん》からの応えだ。

同じ言葉を、これまでの人生でルスキニアは幾度となく繰り返してきた。父王や、実兄、マレ卿といった自らの生死を握る者たちに対して、求められる場所で必要な数だけ口にしてきたのだ。それらはどこまでも空虚なものだったが、アルアクバルに向ける言葉だけは違う。

この胸を開いて見せろと言われれば、迷いなくそうする。ヤズィード大臣やリリアーナの思惑がどうであれ、ルスキニアが心から望むのは、自分を抱える男の幸福だけだ。

「そうであれば、まずお前が俺の側で幸せであってくれなくては困る」

深い息を絞った男が、両腕でルスキニアを抱き締める。筋肉に覆われた腕の強さよりも、ルスキニアは王の言葉にこそ瞬いた。

「幸せでございます」

他に、なにがあるというのか。

この瞬間、ルスキニアは紛れもなく幸せだ。きょとんとして瞬いた青と銀の目を、王の双眸が睨めつけた。

「蔵一杯の氷糖があれば、か?」

皮肉った男が、分かりやすく下唇を突き出す。絹を打った尾の動きに、ルスキニアはぎょっとして首を横に振った。

「まさか！　そのようなこと。王がお与え下さるものならば、いずれにしても嬉しいですが…」

「分かっている」

たん、ともう一度、逞しい尾が椅子を打つ。

だがその音ほど、耳元に落とされた王の声は険しくない。深く後方へと引きつけられた耳の形に、ルスキニアはちいさく目を見開いた。

「お前を困らせたいわけではない」

絞られた声は、苦い。戦場にあっては悪鬼と渾名され、敵どころか自国の兵すら恐怖に総毛立つ。そう畏れられる王の声とは、とても思えない。

大きく耳を倒したまま、男ががぶりとルスキニアの鼻梁を囓った。

「あ…」

「お前の、望みを聞きたいだけだ」

低い唸り声を、聞いた気がする。獣の、声だ。男臭い額が、ぐり、とルスキニアの額に擦りつけられる。睫が触れる近さで、黄金色の眼がルスキニアを映した。

「お前自身のな」

言葉の終わりが、唇に注がれる。ねろりと唇を舐めた、舌の熱さに目眩《めまい》がした。

アルアクバルに捧げた言葉に、偽りはない。全ては、ルスキニア自身の願いだ。

王こそが、幸福であるように。

胸のなかで繰り返したルスキニアの唇を、ぬれた舌が辿った。

おおらかな鳴き声が、回廊に響く。

放し飼いにされている、孔雀《くじゃく》だろうか。首を揺らしながら庭を歩く姿を思い描き、ルスキニアはちいさく唇を綻ばせた。

足を止めて中庭を覗き込んだなら、豪奢な羽根を持つ鳥を見つけられたかもしれない。しかしそうすることをせず、ルスキニアは大きな扉の前に立った。

鳥の声に、鐘楼《しょうろう》から届く鐘の音が重なる。約束通りの時刻であることに安堵し、ルスキニアはゆっくりと息を吸った。

一礼した宦官たちが、重厚な扉を開く。その向こうに広がるのは、高い天井を持つ広間だ。かつてこの部屋は、寵姫たちの遊戯《ゆうぎ》室として用いられたらしい。燦々《さんさん》と日が注ぐ部屋は幾何学模様のタイルで飾られ、ルスキニアの居室に似た金の縁取りが巡らされていた。

ルスキニアの部屋と異なるのは、天井近くに設けられた透かし彫りだろうか。風の流れを取り込む役目を持つそれは、目にも涼しげだ。厚い絨毯《じゅうたん》が敷き詰められた広間には、いくつもの長椅子が置かれている。その一つに、小柄な少女がかけていた。

扉が開かれた気配に、はっと少女が立ち上がる。一瞬呑まれたように息を詰めた少女が、次の瞬間には弾かれたように膝を折った。

「お久し振りです、リリアーナ様」

平伏《へいふく》しようとする少女を、右手で制す。

リリアーナとの面会は、思った以上の早さで実現した。

他でもないアルアクバルが、直々にヤズィード大臣へと返答したからだ。リリアーナとルスキニアの面会を、許す。その一言によって、細かな段取りは瞬く間に決められた。そしてその予定通りに、今日こうしてマレ卿の娘はイウサールの後宮の門をくぐったのだ。

「こちらこそ、お久しゅうございます」

深く額《ぬか》ずいた少女の声は、ふるえている。

緊張、しているのだろう。少女が身に着けているのは、イウサールの伝統的な衣装だ。やわらかな若草色の長衣に、前開きになった絹の上着を重ねている。銀糸の刺繍が施されたそれは見事なもので、上級大臣であるヤズィードが惜しむことなくリリアーナを着飾らせようとしたのがよく分かった。

「どうぞあまり畏《かしこ》まらず、楽にされて下さい」

できる限り穏やかに声をかけ、ルスキニアが上座である長椅子へと腰を下ろす。

ふるえているリリアーナの肩は、記憶にあるものより随分と薄い。無理もないだろう。ここに至るまで、少女がどんな道のりを辿ってきたかは想像に難くない。

ルスキニアの声に応え、少女が怖《お》ず怖《お》ずと顔を上げた。

見覚えのある若草色の目が、ルスキニアを映す。リリアーナの母という人をルスキニアは知らないが、きっとその血を濃く受け継いだのだろう。マレ卿の面影が薄い容貌は小作りで、はたかれた白粉《おしろい》の下にうっすらとそばかすが見て取れた。華やかな美貌を誇った姉たちに比べると、派手さはない。だが知的に整った顔立ちは、姉たちの何倍も好ましかった。

「…本当に、ルスキニア様でいらっしゃるのですか？」

まじまじとルスキニアを見上げた少女が、戸惑いながらも問う。

駆け引きのない、朴訥《ぼくとつ》とした声だ。率直な響きに、ルスキニアもまたちいさく息を解《ほど》いた。

「いかにも、ルスキニアでございます」

応え、被っていたヴェールをするりと外す。

月明かりを紡いだような金色の髪が、音もなく肩を流れた。明るい広間のなかで、それは一層やわらかに輝く。染み一つない、真珠色の肌もそうだ。

プロスティブラであるルスキニアには、正面からリリアーナを覗き込むような無作法はできない。それでも青と銀の瞳の気配を間近に感じ、リリアーナが声もなく息を呑むのが分かった。

「リリアーナ様とは、モルガナ城でも直接お顔を合わせる機会は少なかった故、ご不安になるのも当然です」

「いいえ！　いいえ、そうではありません。私がルスキニア様のお顔を忘れるなど…！」

ヴェールを被ったルスキニアを、当人かどうか疑ったわけではない。そう大きく首を横に振ったリリアーナの声が、高い天井へと吸い込まれた。

「ルスキニア様のお顔を忘れるなど、あり得ません。ただ…」

ただ、と言葉を継いだ少女が、自分自身の声に驚いたように胸を喘がせる。

「ただあまりにも、お変わりになられて…」

「モルガナ城でお会いした際は、随分無作法な姿であったこと、お詫び申し上げます」

スペルビナの人間を相手に、それは皮肉になどなりようがない。

曲がりなりにも貴族の血を引くリリアーナに、モルガナ城ではプロスティブラである自分の世話をさせてしまったのだ。それまで気紛れにしか食事を与えられてこなかったルスキニアは痩せ衰え、乾いた肌も髪も無残に荒れていた。高価な絹の衣装で護られ、爪の先まで手入れをされた今の自分の姿は、リリアーナにはむしろ滑稽に映っているかもしれない。

「そのような気持ちで申し上げたわけではありません…！　私は、ルスキニア様が…、あまりにおきれいで…」

思いがけない懸命さで、リリアーナが身を乗り出す。

声の大きさも勿論、その目の真摯《しんし》さにこそ驚かされた。思わずぽかんとして見下ろした少女は、拳を握り締めんばかりの形相《ぎょうそう》だ。その真剣さがおかしくて、ルスキニアはちいさく吹き出していた。

「ル…」

「どうぞ、そのようなお気遣いはなさらないで下さい。それよりも…」

これほど朗らかにルスキニアが笑うことを、知らなかったのだろう。呆気に取られているリリアーナに、ルスキニアがちらりと天井を視線で示す。

高度な技術によって設計された後宮の天井には、歌声や音楽が心地好《よ》く反響した。この広間もまた、声がよく通る。透かし模様が巡らされた壁の飾りが、それを助けていた。

「それよりも、ここはイウサールです。ご不便もあるとは存じますが、こちらの言葉でお話しになることはできますか？」

穏やかに促され、リリアーナが若草色の目を見開く。

スペルビナの者たちはイウサールを獣の民と蔑み、自分たちの言葉や文化こそが洗練されていると自賛してきた。それをイウサールの慣習に倣《なら》うようプロスティブラに促されるなど、スペルビナの貴族には許しがたいことだろう。不快さを示されるものと身構えたが、意外にもリリアーナは素直に平伏した。

「私としたことが。お許し下さい。以後、気をつけます」

広間には、ルスキニアとリリアーナの二人しかいない。だが自分とマレ卿の娘を、本当の意味で二人きりになどするはずはないのだ。それがルスキニアの杞憂《きゆう》であったとしても、疑わしく思われる行いは慎むのが得策だろう。自分の意図をすぐに察したリリアーナの聡明さにも、ルスキニアは安堵した。

「慣れないうちは、ご不自由かとは思いますが…。それにしても、よくぞご無事で」

リリアーナの無事を喜ぶ気持ちに、偽りはない。

スペルビナからイウサールに至るまでには、気が遠くなるほどの距離がある。アルアクバルの厚意により、車や馬を乗り継いで移動したルスキニアですら苦労した。マレ卿という後ろ盾を失った少女が、どうやって故国を脱し道中の苦難を凌《しの》いできたのか。想像するだけで、喉の奥が苦くなった。

「全て、ルスキニア様の庇護あってのことです」

真っ直ぐなリリアーナの謝意には、どんな含みも混じってはいない。それは一般的な世辞のようにも、具体的な礼のようにも聞こえた。

「私は、なにも…。むしろマレ卿のご事情に際しては、なんのお力にもなれず」

それどころか、ルスキニアはマレ卿の失脚に無関係とは言いがたい。リリアーナも、実父がルスキニアを呪いながら死んだことはよく分かっているだろう。

「なにをおっしゃるのですか！　マレ卿が…、父がルスキニア様に強《し》いてきた仕打ちを思えば、お心をお寄せ頂けるだけで過分なことです」

どう取り繕おうと、マレ卿がルスキニアを疎み無関心だったことは事実だ。しかしそれは、マレ卿に限った話ではない。禍を呼ぶ穢《けが》れた者を冷遇するのは、スペルビナでは不思議のないことだった。

「…私の母は、マレ卿の愛妾《あいしょう》の一人でした。すでにこの世を去っておりますが、生前母は父や奥方様のご不興《ふきょう》を買えば、あの寂しい森の塔に閉じ込められると怯えておりました。母は塔に入ることなく病で旅立ちましたが…。実際あの恐ろしい塔に、ルスキニア様のような尊い方が閉じ込められていたと知った時は、本当に驚きました」

ぶるりと、リリアーナが華奢な肩をふるわせる。

リリアーナは、あの古びた塔を目にしたことがあるのだろう。底冷えのする塔の、冷たく湿った石の感触が蘇り、ルスキニアは首筋の産毛が逆立つのを感じた。リリアーナの母が怯えたというように、ルスキニア自身あの恐ろしい塔から生きて出られるとは夢にも思っていなかったのだ。

「尊くなどありません。プロスティブラである私の世話を押しつけられ、マレ卿もさぞご苦心されたことと存じます」

「…ルスキニア様の寛大さには、父も伏して感謝申し上げていることでしょう。父になり代わり、お詫びとお礼を申し上げます」

涙を滲ませたリリアーナが、深々と重ねて額ずく。

苦しげに歪んだ少女の瞳に、偽りがあるとは思えない。だからといって、それが全て真実だと手放しで信じることもルスキニアにはできなかった。

リリアーナに、非があるわけではない。宮廷でも北の塔でも、ルスキニアが生きてきた世界では嘘と真実がいつでも同じ顔をして並んでいた。

そうした日々のなかで、ルスキニアが学んだのは真贋《しんがん》を見極める術ではない。そのどちらも、信じないことだ。希望的な事実からも絶望的な観測からも距離を置くことで、ルスキニアは自分自身を護ってきた。

だからこの瞬間も、リリアーナの言葉の真偽を自身が正しく判じられるとは思わない。ただ一つ確かなのは、目の前の少女が聡明なだけでなく、飛び抜けた勇気の持ち主であるということだ。彼女は姉たちの誰よりも賢かったが故に、惨禍《さんか》をくぐり抜けて今ここにいるに違いない。

「リリアーナ様ご自身に非のない事柄を、リリアーナ様がどなたかになり代わって謝る必要がどこにあるでしょうか。私には、あなた様を責める気持ちなど微塵もございません」

同じ言葉を、かつては自分がアルアクバルから与えられた。

父の行いを詫びたいと思う気持ちは、ルスキニア自身にも覚えがある。だからこそリリアーナに対しては、彼女が謝罪する必要など皆無だと思えた。それよりも、とルスキニアが顔を上げるよう少女を促す。

「それよりも、あなたのお力になれることがあれば、お教え下さい」

リリアーナが今日ここを訪れた本題は、まさにそれだろう。

彼女はなにも、父であるマレ卿の行いを詫びるためだけに、後宮の門をくぐったわけではないはずだ。ルスキニアに、あるいは畏れ多くもアルアクバル王に対して、なんらかの要求があるからここまで来たのだろう。

それがリリアーナ自身の利益に根ざすものか、あるいは上級大臣であるヤズィードの目論見《もくろみ》に適うものかは分からない。いずれにしても、それはリリアーナにとっては命を賭けてイウサールを目指すに値するもののはずだ。

「勿体ないお言葉、感謝いたします。ですが、私の望みはすでに叶えられました」

「…すでに？」

予想していなかった応えに、ルスキニアが瞬く。

素早く目元を拭ったリリアーナが、にっこりと笑って携《たずさ》えていた包みを引き寄せた。

「ルスキニア様のご無事を一目確かめさせて頂きたい…。ご無事であれば、これらを直接お返ししたい、その一念でここまで参りました」

包みのなかから現れたのは、ちいさな木箱だ。見覚えはないが、スペルビナで作られたものなのだろう。寄せ木細工が施された小箱は、簡素だが作りのよさが見て取れた。可憐な花模様が描かれた箱を、リリアーナが丁寧に開く。

「これは…」

そっと差し出された木箱のなかで、古い指輪が光を弾いた。

指輪の他にも、大粒の真珠とサファイアがあしらわれた耳飾り、そしてエメラルドが連なった首飾りが収められている。

どれも古風な意匠だが、黄金の台座や宝石の輝きは確かなものだ。なによりルスキニアには、それらの全てに見覚えがあった。

忘れようがない。モルガナ城に至るまでルスキニアが所有していた、数少ない母親の形見たちだ。

「父のみならず、姉たちの無礼をなんとお詫びすればよいか」

王都からマレ卿の元へと移された際、ルスキニアが持ち出せた財産は少ない。そもそも財産と呼べるものなど、ルスキニアはほとんど所有していなかった。

正妃である母親は引き続き王都に残されることになったが、彼女にはこれが息子との今生《こんじょう》の別れとなる確信があったのだろう。出発の朝に、身に着けていた貴金属のいくつかを青と銀の目を持つルスキニアに与えてくれた。

母の出身国であるカリダの紋章が入った指輪や耳飾りは、母が婚姻以前から所有してきたものだ。長く続いた幽閉生活のなかで、価値のあるものは徐々に手元から消えていった。残ったもののなかから、母が大切にしてきた指輪を与えられたことには正直驚きが勝った。

父王とそこに嫁いだ母の幸福を壊したのは、プロスティブラとして産まれたルスキニアだ。青と銀の瞳を持つ息子を、母以上に呪わしく思った者はいないだろう。だが別れ際、母はその息子に幸福な日々の思い出が詰まった指輪を握らせた。

　これからルスキニアが辿るだろう日々の過酷さを思い、窮地《きゅうち》を凌ぐための金品を与えようとしたのか。あるいは自分と息子の繋がりを、目に見える形で示そうとしてくれたのか。そうではなく、遠からず訪れるだろう自分の死後、大切な遺物を夫に遺したくない一心だったのかもしれない。

　かつては誰もが羨むほど深く愛し合いながら、禍の子を産んだがために背を向けたダヴィド王を母は決して許さなかった。共同統治を望んだ夫を退け、なにがあってもカリダの王冠を手放さなかったように、カリダに繋がる価値のある品を夫や第一王子に渡すくらいなら、呪われた第二王子にくれてやった方がはるかにましだと、そう考えたのかもしれない。

　理由はどうであれ、あの日与えられた品をルスキニアは肌身離さず守り続けた。共に王都から持ち出した大切な本や楽器が薪となり、衣類が黴《か》びたパンに変わっても、母のぬくもりが唯一移った指輪たちだけは絶対に手放さなかった。

　死を覚悟し、イウサールの将軍の前に引き立てられた時もそうだ。

だがイウサールに嫁ぐことが決まり、モルガナ城で暮らすうち大切な遺品も失われた。

マレ卿の子供たちに、奪われたのだ。

　彼らはルスキニアの花嫁支度にとアルアクバルから贈られた高価な品々を羨み、獣の餌《えさ》となるプロスティブラには無駄だと考えた。最も羨望《せんぼう》を集めたのは目も眩むような宝石類だったが、銘のある品を根こそぎ取り上げるわけにはいかない。花嫁に贈られたとはいえ、結局のところそれらはアルアクバル王の持ち物だ。奪い足りなかったマレ卿の娘たちは、ルスキニアから母の遺品をも毟り取った。

「どうやって、これを探し出されたのです」

「お恥ずかしい話ですが、ルスキニア様がモルガナ城を立たれて後、姉の一人がこれらを所有していることを知りました。父が捕らえられた際、姉たちは持てるだけの宝石を持って逃げようとしましたが騒ぎになり…。今を逃しては二度と王妃様の形見をルスキニア様にお返しする機会は失われるだろうと、夢中で姉の元から指輪たちを摑んで逃げました」

「なんて無茶なことを…」

リリアーナを下女扱いしてきた異母姉たちが、混乱の最中に快《こころよ》く宝石を譲ったわけがない。そこから指輪を奪って逃げようなど、この上なく危険な決断だ。そんな危険を冒《おか》してまで手に入れた宝石を、リリアーナがイウサールまで運ぶ理由がどこにある。異母姉たちがそうしようとしたように、彼女もまた宝飾品を売って逃げることもできたはずだ。

「いえ、私たちは皆、ルスキニア様から多くのものを奪いすぎていたのです。わずかとはいえ、こうしてお返しでき、安心いたしました」

言葉の通り、リリアーナが深く息を吐く。

そのまますするりと立ち上がった少女に、ルスキニアは覆うもののない目を見開いた。

辞す、つもりなのか。イウサールの作法で礼を取った少女を、ルスキニアは驚きのまま見上げた。

「お待ち下さい、リリアーナ様。……まさか、本当にこれを渡すためだけに？」

そのためだけに、面会を申し出たのか。いや、そのためだけに、遠いイウサールを目指して来たというのか。

言葉を失うルスキニアに、リリアーナがさっぱりと微笑んだ。

「これでようやく、肩の荷が下りました」

眩いほどの笑みは、年齢相応の溌剌《はつらつ》とした少女のものだ。

指輪たちが収められていた小箱は、両手に乗るほどちいさい。しかし王家に連なる貴重な品を、少女が長く険しい道中で守り抜くことはいかに難しいものだったか。警護の兵に護られながらイウサールに至ったルスキニアでさえ、それは容易に想像がついた。

「これから、どうされるおつもりです」

腕を伸ばして引き留めたルスキニアに、リリアーナが驚いたように目を瞬かせる。

「どうぞ、ご心配頂きませんように。ヤズィード大臣にお礼を申し上げて、スペルビナに戻ろうと思います」

どうやって、とは声にできなかった。

リリアーナは、最初からその覚悟だったのだ。

上級大臣に利用され、ルスキニアに似た羽根を持つ小鳥として後宮に送られたわけではない。いや、大臣の意図はそうだったろう。だがリリアーナは大臣の思惑を理解した上で、ルスキニアに面会する手段としてそれを利用した。

もしリリアーナと大臣が結託《けったく》し、ルスキニアの歓心を買うために母の形見を利用するつもりだったなら、最初から王にその存在を伝えてきていたはずだ。この瞬間まで形見を秘匿《ひとく》し、直接手渡すことにこだわったのは、リリアーナが他の何者も信じていなかったからだろう。

この面会に際し、大臣はルスキニアに庇護を求めた後、そのまま後宮に居残るようリリアーナに命じているはずだ。少女にとって故国はあまりに遠く、奇跡的に帰り着けたとしても後ろ盾となる家はすでにない。スペルビナにもイウサールにも行き場のないリリアーナには、後宮に残る以外命を繋ぐ選択肢がないことは誰の目にも明白だ。しかし自分が後宮に残ればルスキニアの負担となることも、少女は理解している。

引き留められることなど期待せず、リリアーナには最初から後宮を辞す覚悟があったのだ。

「無謀なことはおやめ下さい。いえ、このような品のために、大切な身を危険に晒してここまでおいでになったこと自体が、すでに無謀なことでした」

「その通りだ」

低い声の響きに、ぎくりとする。

陽光に満ちた広間が、瞬時にして暗くちいさく押し潰されたような錯覚があった。

それはリリアーナも同じだったのだろう。ぎょっと息を詰めた少女が、ルスキニアを追って扉を振り返った。

「アルアクバル王…」

声をもらすことができたのは、ルスキニア一人だ。

大きく開かれた広間の入り口に、大柄な影が落ちている。天井の高い広間にあってさえ、隆々としたアルアクバルの体軀は威圧感を伴って目に映った。ゆったりとした黒い長衣の上からでも、暴力的なまでの力強さが見て取れる。迷いのない足取りで近づいた男に、ひ、とリリアーナがちいさく息を詰めるのが分かった。

空気を断つように進む男は、巨きな獣そのものだ。恐ろしいのに、威風堂々とした姿から目を逸らすことができない。ゆっくりとしなった尾の動きに、ルスキニアは我に返って礼を取った。

「お越しとは気づかず、失礼いたしました」

いつから、そこにいたのか。

頭上へと動きそうになった視線を、ルスキニアはヴェールを引き寄せることで断ち切った。

透かし模様を持つこの部屋の壁飾りは、空気の流れを保つためだけに設けられたものではない。宦官や侍女たちの会話から、その奥には特別な通路が延びていることをルスキニアは知っていた。そこに立てば模様の隙間から広間を見下ろし、眼下で交わされる会話を聞くことができるのだ。

セヘルあたりが、通路から様子を窺《うかが》っているのではないか。そう予想していたが、もしかしたらアルアクバル王当人がそこにいたのかもしれない。頭を垂れたルスキニアを、黄金色の双眸が見下ろした。

「ルスキニア。お前の望みはなんだ」

腹へと響く声が、薄い背を打つ。

「お前の望みは、客人をヤズィード大臣の元に帰すことか」

「それは…」

それは、リリアーナを死地に追い込む行為だ。リリアーナを後宮に送り込むという思惑が外れれば、ヤズィード大臣にとって彼女の価値は失われる。運がよければ放逐《ほうちく》されるだけだろうが、そうでなければどんな扱いを受けるか分かったものではない。

「娘。お前はどうか。我が寵姫のため骨を折ってくれた労に報いたい。なんなりと望みを言え」

まさかイウサールの王が、直接自分に声をかけるとは思ってもみなかったのだろう。茫然《ぼうぜん》と様子を見守っていたリリアーナが、ぎくりと細い体をふるわせた。

獣の耳と尾を持つ王を間近で目にするなど、リリアーナにとっては初めてに違いない。そうでなくとも、アルアクバルが纏う気配は常に他者を威圧してあまりある。声を出そうにも呻き一つもらせないリリアーナを、無遠慮な視線が見下ろした。

「すでに叶った、ということか」

怯えきってはいるが、逸らされることがなかったリリアーナの瞳にアルアクバルが顎を引く。

「お前もお前の客人も、どうにも腹が据わりすぎていて扱いに困る」

リリアーナの望みは、ルスキニアの手に奪われた形見を返す、それだけだ。それさえ叶えば、後の身の振り方などどうでもいい。そんな無鉄砲な意図を正しく汲《く》んで、アルアクバルが大儀そうに唸った。

「俺は、ルスキニア以外の妃を抱えるつもりは毛頭ない」

取るに足らない世界の理《ことわり》でもあるかのように、王がリリアーナへと告げる。とてもではないが、大国の王が口にする言葉とは思えない。呆気に取られる二人に構わず、アルアクバルがルスキニアへと腕を伸ばした。

「っ、あ」

「これ以外の妃は不要だが、ルスキニアが望むなら我が寵姫の客人としてお前を歓迎しよう」

「王…」

強い力で引き上げられ、踏み止まることができず厚い胸板へと倒れ込む。危なげなくそれを受け止め、王がルスキニアの腰に腕を回した。

上着に焚きしめられた香に混じって、王の肌の匂いが鼻先に触れる。食事を取る間も惜しんで寝台で繋がり続けたのは、まだほんの数日前のことなのだ。密着した体温の近さに、くらくらと頭の芯が痺れそうになる。

リリアーナの前であるのに、なんということか。赤くなって距離を取ろうとしたルスキニアを引き留め、発達した犬歯がその耳を囓った。

「ぁ…」

「身の振り方が定まるまで、ゆっくりと休むがいい」

平伏するどころか、真っ赤になって固まるリリアーナを王が一瞥する。口を挟めずにいるのは、ルスキニアも同じだ。逞しい腕で促され、ルスキニアは掻き抱かれるまま広場を後にした。

「それと知られぬよう、薬を盛るのはいかがでしょうか」

まるで夕餉《ゆうげ》を話題にでもするように、セヘルが提案する。

街の喧騒《けんそう》を近くに聞きながら、ルスキニアはぎょっと目を瞠った。

「薬、とは…、元気になるための…？」

「まさか。邪魔者を消すための薬でございます。具体的に申し上げるならリリアーナ様を亡…」

「ややややめて下さい…！」

飛びついて、その口を塞《ふさ》がなかった自分を賞賛すべきか。あるいは実際、是が非でも典医の口を塞ぐべきだったのかもしれない。飛び上がらんばかりに驚いたルスキニアの首元へ、セヘルが涼しげな顔で象牙《ぞうげ》色のスカーフを巻きなおした。

「悪い話ではございませんよ？　勿論、他にご希望がおありでしたら是非ご提案下さい。このセヘル、全力でルスキニア様のご期待にお応えする覚悟でございます。…しかしお人が善いと申し上げた足元から、このような厄介事の種を招き入れるとは、いかがなものでございましょうね」

ルスキニアとの面会を果たしたその日から、リリアーナはアルアクバルによって後宮の一室を与えられていた。

後宮は王宮の一部であると同時に、それ自体が独立した広大な城のようなものだ。いくつもの中庭や、大小の広間。王のための居室や浴室、図書館や祈りの場は元より、そこで働く者たちの住居なども備えている。多くの妃を抱えた王の代には、気に入りの寵姫たちが暮らす棟や王の子供を産んだ女のための部屋、皇太后《こうたいごう》の部屋といったように、後宮内の立場を反映した場所に特別な住居が与えられていたらしい。

だがルスキニア以外の寵姫を持たないアルアクバルの後宮には、住む者のない部屋も目立つ。リリアーナは内廷から最も遠い西の建物に、新しく与えられた侍女と共に身を寄せていた。

「リリアーナ様は、プロスティブラである私のために大変な危険を冒してここまでおいで下さいました。リリアーナ様の恩義に報いる力が私自身にあればよいのですが、そうでないがためにアルアクバル様にご迷惑をおかけしてしまいました」

「リリアーナ様の勇敢さには、正直私も敬服いたします。今のところご自身の立場をよく理解し、大人しく部屋に籠もっておすごしなのも悪くはございません。しかし、彼女を寵姫候補と見なす輩が出てくることは避けられないでしょう」

セヘルが、言う通りだ。

後宮に住まいを得てからこの五日ほど、リリアーナはほぼ部屋から出ることなくすごしているらしい。王の眼に留まるのを避け、野心のないことを示そうとしているのだろう。

「念のため申し上げるなら、私は王がルスキニア様以外の妃を娶る日がくるなど微塵も考えてはおりません。お望みなら、この首を賭けてもいい。元よりご自身の獲物に対しては、執着心の強いお方でございますからね。ルスキニア様お一人に集中していられる現状こそが、王にとっても国にとっても幸福でしょう」

それは、実にセヘルらしい考えだ。セヘルの考えの中心には、常に王とその利益がある。

「そうであるにも拘わらず、ルスキニア様はご自身を疎かになさりすぎます。リリアーナ様の心根が正しかろうとそうでなかろうと、まずあなたがお守りになるべきはご自身のお体と、そのお立場でございますよ」

「…ありがとうございます。私自身以上に、あなたにはいつも心配をかけてしまいますね」

皮肉に皮肉で返す者には慣れていても、真正面からの感謝には不慣れなのか。素直に謝意を伝えたルスキニアに、セヘルが驚いたように切れ長の目を瞬かせた。

「…そうお思いなら、もう少し自分本位でいらして下さらなくては」

「これ以上なく、自分本位だと思うのですが…。今日だって、こうしてあなたをつき合わせてしまっていますし」

溜め息をこらえて巡らせた視線の先に、通りを走る荷馬車が映る。その傍らでは、老人に引かれた騾馬《らば》が暢気《のんき》な鳴き声を上げていた。

後宮で目にする光景とは、まるで別の世界だ。実際、ここはもう後宮ではない。いくつかの隠された通路と扉を越えて辿り着いたのは、後宮の外に広がる市街地だ。

今度こそゆっくりと、市場に連れて行ってやる。

芝居見物を終えた後、アルアクバルはそう約束してくれた。あの夜は結局、芝居といくつかの露店を眺めただけで後宮へ戻ることになったのだ。

そうだとしても、ルスキニアには夢のような一時《ひととき》だった。芝居の内容には驚かされたが、舞台を注視する人々の高揚や広場に点された松明の輝きを思い出すたび、胸がどきどきする。アルアクバルと出かけられただけで十分嬉しかったが、男はいつでもルスキニアを楽しませようと心を砕いてくれた。

しかしジタールでの一件を始め、王を煩《わずら》わせる問題は山積《さんせき》している。これ以上約束を先延ばしにしないようにと、今日は多忙な自身に代わりセヘルを供に外出できるよう手配してくれたのだ。

「ご一緒できて大変光栄でございます。今頃王はルスキニア様とお出かけになれず、牙を剝いて腹心たちをふるえ上がらせながら、職務をちぎっては投げちぎっては投げ、八つ裂きにしておられるでしょう」

　腹心たちの悲鳴を直接聞くことができず、実に残念です。

　にこやかに笑ったセヘルが、それに、と言葉を継いだ。

「それに、王がご一緒でないからこそ、お訪ねになりたい場所もおありのご様子ですし」

「痛み入ります」

　王に強請るのは気が引けるような場所に、セヘルと赴《おもむ》こうなど途方もなく迷惑な話だろう。分かってはいるが撤回できず、ルスキニアは生真面目に頭を下げた。

「では、ここから一番近い青藍《せいらん》の祠《ほこら》から参りましょう。この青藍の祠は…」

「子宝祈願のお守りが、大変よく効くそうです…！」

　高い塀に囲まれているはずの後宮には、いつでも様々な噂や情報があふれていた。街で信仰を集める祠の存在も、その一つだ。

　祠に青い供物を捧げ、代わりに一つ青いものを持ち帰る。そうすると子宝に恵まれると、信じられているらしい。祠から持ち帰った品を贈ってくれた者もいたが、自らの手で捧げ物をするのが最良とされていた。

「青藍の祠の次は、歓喜の泉にもお寄りになりたいとか」

「泉の水を飲んだり浴びたりすると、よいのだそうです」

「あそこは、噴水が角度によってはなにかの形に見えるとか見えないとかで評判でございますね。確か近くでは、そのなにかの形をした子宝祈願の菓子が売られていると聞きました」

　地獄耳の千里眼と畏れられるだけあり、セヘルは市中の事情にも精通しているらしい。心強い案内人に、ルスキニアは澄んだ両の瞳を輝かせた。

「お菓子、ですか。持ち帰ったら、王もお召し上がりになるでしょうか」

　子宝祈願の品かどうかはともかく、多忙な王のためになにか土産《みやげ》になるものがあれば嬉しい。ぱっと顔を輝かせたルスキニアに、セヘルがちいさく唸った。

「形が形でございますから、どんな顔をされるか興味はございますが。ルスキニア様に突きつけられれば、王も嫌とはおっしゃれないでしょう」

　むしろ予想外すぎて、心楽しくなられるやもしれません。

　顎に手をやったセヘルに、ルスキニアがスカーフの陰で瞳を曇らせた。

「……そんな、恐ろしげな形をしているのですか」

　菓子と聞いて喜んだが、口にするには勇気がいるものなのか。しかしならば尚のこと、利益《りやく》がありそうだ。ごく、と喉を鳴らしたルスキニアに辻を曲がるよう示し、典医が厳《おごそ》かに頷いた。

「ご安心下さい。ルスキニア様ならあれごとき顔色一つ変えずにお食べになることでしょう。むしろ多少は面白い反応を期待したいところですが、怯まず真顔で食べつくされるお姿しか、私には思い浮かびません」

「…食べても体に支障ないものでしたら、頂戴しますが」

　どんな形をしているにせよ、無害な菓子なら決断は一つではないのか。ルスキニアの揺るぎのなさに、セヘルが芝居がかった仕種で頭を下げた。

「さすがルスキニア様でございます。しかしこの祠や泉の件は、女官たちからお聞きになられたので？　宦官長の話によると、文献にもいくつか当たられておいでのご様子でしたが」

「歴代の王も、世継ぎのため様々な手段を試みたと聞きましたので、参考になるかと。ただ、実践しようにも難しいものも多く…」

　イウサールの王家においても、獣の耳と尾を持つ子供が生まれるのは極めて稀だ。それに限らず、王が子供を持つこと自体が難事とされていた。だからこそ、歴代の王たちは後宮の拡張を繰り返し多くの女たちを召し上げたのだ。

「たとえば、どのような方法が？」

「処女が尊ばれるようです。特に満月と新月の夜、処女と同衾《どうきん》すると男児を授かるとされており、実際それによって子供に恵まれた王もいたそうです。しかし私には色々と不都合があり…」

　月の満ち欠けが受胎に影響するとの考えは、故国にもあった。しかし、純潔を問われるとなると、どうか。そもそもプロスティブラではあれど、男である自分に処女という概念は適用されないように思う。真面目に唸ったルスキニアに、セヘルが呆れた様子で嘆息《たんそく》した。

「イウサールの歴代の王たちは阿呆《あほう》でございますか。そんな眉唾を試みるくらいなら、ちんこの形をした菓子を話題に盛り上がる方が俄然《がぜん》ましでございましょう」

「ち…？」

　上手く聞き取れなかった言葉に、ルスキニアが瞬く。荷馬車をやりすごしたセヘルが、ルスキニアを促し広い通りを横切った。

「ルスキニア様が努力されている、という一事《いちじ》が王を奮い立たせるのは言うまでもないことです。しかしもう少しご自身を大切にされることを学んで頂きたい、という私の気持ちに変わりはございませんよ」

「ですから、私は…」

言い募ろうとしたルスキニアを、セヘルが咎める視線で睨めつけた。

「後宮の女たちが、子授けの祠や俗説に詳しい理由はよくお分かりでしょう？　歴代の王の妃たちは皆、王となる子を産むため血眼になって参りました」

正妃を娶る、という婚姻制度を持たないイウサールでは尚のことだ。ルスキニアの故国でも、正妃を差し置いて王が愛妾を偏愛することはままあった。しかしこの場合でも、愛妾が正妃の位を超えることはない。だがイウサールの後宮において、妃たちの立場を決めるのは王の寵愛だけだ。また寵姫として継続的に王の訪《おとな》いがなくとも、王の子を産んだ妃は丁重に扱われた。王位を継ぐ男児に限らず、王家の血を残した妃には相応の地位が与えられたのだ。

「あなた様がご自身の立場を盤石《ばんじゃく》のものにしたいと、そのために子をなそうと努力しておられるのならよいでしょう。ですがルスキニア様には、ご自身を守るための野心など微塵もない」

「買い被りだと申し上げたではありませんか。…野心を抱く必要もないと思い上がるほど、王のおやしさに甘えているだけかもしれませんよ？」

そんな言葉が返るとは、思ってもみなかったのだろう。あまりにも正直に、セヘルが顔を歪めた。

「ご冗談を。あなたは常に最悪の事態を見据えて動かれるお方です」

そんな者に、楽観などあり得ない。

にべもなく斬って捨てるセヘル自身、同じようなものなのだろう。薄く笑いそうになったルスキニアの目に、光るものが映った。視線を巡らせたルスキニアに気づき、セヘルが足を止める。

「猫目《ねこめ》石でございますか」

少し細くなった道の両脇に、ちいさな店が軒を連ねている。その店先の一つに、不思議な色に光る石が並べられていた。丸く磨かれた石には縦に地紋が入り、まるで動物の目を思わせる。

「少し覗いて参りますか？　祠はもうすぐですし」

「いいのですか」

ぱっと顔を輝かせたルスキニアに、セヘルが頷く。

「ここを離れないよう心がけて頂ければ、大丈夫でしょう。お気に召すものがあれば、お声をおかけ下さい」

ぐるりと周囲を確かめたセヘルに礼を言い、ルスキニアは店先を覗き込んだ。

石を並べた店の右手では、壮年の男が籐《とう》を編んでいる。その傍らには天秤棒を抱えた男が腰を下ろし、籐を編む男と談笑していた。ルスキニアの目には驚くほど賑やかな通りに映るが、今まで訪れた市に比べれば随分と規模はちいさいようだ。

のんびりと道を行く人々は、誰もルスキニアに注意を払おうとしない。

いや、スカーフからこぼれる淡い黄金の髪や、雪のような肌の白さに視線を向けてくる者はいる。

それでも布の下を執拗《しつよう》に詮索《せんさく》し、プロスティブラだと暴き立てようとする者はいなかった。この土地の多くの女たちと同じく、すっぽりと布を被ったルスキニアは商家の子女のように映るのかもしれない。

忌み嫌われた第二王子でも、王の寵姫でもなく、雑踏に紛れた者の一人として扱われる。それは、ルスキニアにとって信じがたい経験だった。

ほんの少し前まで、自分は冷たい石の塔で一人朽ちてゆくのだと信じていた。それが今は、イウサールの土地に立ち、眩い太陽を浴びている。

同じ驚きは、きっとリリアーナの胸にもあるのだろう。

こぼれそうなほど目を見開き、アルアクバルを見上げた少女の姿が蘇る。

セヘルが言う通り、リリアーナは後宮で影のようにひっそりとすごしているらしい。折に触れ感謝の言づけが届けられるが、あれ以来ルスキニアに面会を求めてくることはなかった。存在を消すことで、恭順を示しているのだろう。賢くも健気《けなげ》だが、異国の後宮で一人ですごすのに不安がないわけはない。

アルアクバルは、折を見てリリアーナを故国に帰そうと考えているようだ。即座に後宮から放逐すれば、ヤズィード大臣の面子にも関わる。スペルビナでの生活基盤を整え、リリアーナに十分な静養を取らせた上で送り返すのは、ルスキニアにとっても願ってもない考えだ。

だが、全てが思惑通りに進むとは限らない。

あなたは常に最悪の事態を想定していると、そう言ったセヘルの言葉はある意味で正しい。

上級大臣であるヤズィードの顔を潰すことなく、そしてヤズィードに借りを作りすぎることなく、リリアーナの労に報い、彼女を安全な場所に送り届ける。そうできることは理想ではあるが、リリアーナが後宮に身を置く以上、彼女が名実共にアルアクバルの寵姫となる可能性は消えることなく存在していた。

ルスキニア以外の寵姫は持たないと、そう言ったアルアクバルの言葉を疑うつもりはない。この瞬間、王は心からそう思ってくれているだろう。

だがリリアーナに限らず、後宮に仕える女たちは皆アルアクバルの持ち物だ。可能性だけで言えば、その誰もが寵姫に取り立てられても不思議はない。それどころか芝居小屋で目にしたあの妖艶な踊り手や、今ルスキニアの隣で商品を眺めている娘たちでさえ、アルアクバルにはこの国の全ての人間を自由にする力があった。

そうであるにも拘わらず、王はルスキニア以外の寝所を訪ねることをしない。アルアクバルの頑迷《がんめい》なまでの愛情深さには、正直驚くこともある。だからといって、太陽にも比肩する男の心を、未来永劫自分一人が独占できて当然だなどとは思えなかった。

なんといっても、リリアーナは女だ。プロスティブラとはいえ男であるルスキニアよりも、王の子を授かる可能性は高いのではないか。王の血を継ぐ者をと考えるなら、それをなすのがルスキニア自身でなければならない道理はなかった。

未来は、誰にも見通せない。

だが、ただ一つ。ただ一つ確信を持てるものがあるとすれば、それはルスキニア自身の心だ。

たとえアルアクバルが自分以外の妃を迎え、この身を遠ざける日が来ようとも、王に対するルスキニアの気持ちが変わることはない。この瞬間、王が注いでくれている愛情こそが、ルスキニアにとっては真実であり、永遠《えいえん》なのだ。

「リリアーナ様にも、なにか持ち帰って差し上げたいのだけれど…」

猫の目をした石の隣には、大小の石が下がる簪《かんざし》が並べられている。目の細かな櫛《くし》や、動物の毛を植えた刷毛《ブラシ》なども扱っているらしい。簪は愛らしいが、こんなにもじゃらじゃらと石が揺れるものを髪に挿したら、さぞアルアクバルの気が散ることだろう。ちいさく笑ったルスキニアの左足が、ふとなにかに触れる。あ、と思った時、強い力が長衣の裾を摑んだ。

「お静かに」

懐かしい故国の言葉に、ぎょっとする。

驚き見下ろした視線の先に、蹲る男が見えた。世辞にも、立派な身なりとは言いがたい。汚れた外《がい》套《とう》を体に巻きつけ杖《つえ》を抱える姿は、路傍《ろぼう》で喜捨《きしゃ》を請う乞食《こつじき》のものだ。

「あなた、は…」

目深に被った頭布《フード》の奥から、煤《すす》で汚れた顔が覗いている。

日に焼けているが、その肌はイウサールの者より随分と白い。深い青色の目に、見覚えがあった。

「マレ卿にお仕えしております。オルランドにございます」

聞き間違えようのない名前に、ぎくりとする。同時に、ルスキニアは髪飾りへと視線を戻した。

男も、心得ているのだろう。ルスキニアの足元に蹲ったまま、通りに体を向け喜捨の鉢を置いた。

「マレ卿の騎士殿が、何故イウサールに…」

動揺に、視線が揺れてしまいそうになる。こんな偶然は、起こりようがない。セヘルの注意を引かないよう、ルスキニアはブラシを手に取った。

「リリアーナ様を追って、ここまで参りました」

リリアーナを。

思いがけない名前に、眉間が曇る。訝《いぶか》しんでしまうのは、故国での彼女の扱いを知っているからだ。

確かに目の前の男を、モルガナ城で見かけたことはある。風体《ふうてい》は大きく変わっているが、年齢は三十代半ばだろうか。鍛え上げられた体躯の騎士で、精悍な顔立ちをしていた。マレ卿の信望も篤く、ルスキニアを北の塔に迎えに来た者の一人だったと記憶する。自身も貴族の出である男は、若い騎士たちの中心的な存在だった。

「牢に繋がれる間際、マレ卿は私にお嬢様方の護衛を命じられました。しかし…しかしすでに混乱の渦中《かちゅう》にあり、国外に逃れた方もあれば命を落とされた方もあり…。お一人で困窮していらっしゃったリリアーナ様と偶然出会うことができ一度はお助けしたものの、このイウサールまでの道中ではぐれてしまったのです」

低いオルランドの声が、悔恨に歪む。

やはりマレ卿の最期は、一族全てに悲惨な結末をもたらしたのだ。多くの者が連座し、リリアーナは幸運にも生き延びた数少ない者の一人でしかないのだろう。しかし彼女も、イウサールまでの道中で騎士ともはぐれた。リリアーナが辿った道のりを思い、ルスキニアは布の陰で唇を噛んだ。

「リリアーナ様は、あなた様にお会いになりたい一心で、このイウサールを目指しておいででした。

ですからイウサールにさえ行けば、私もリリアーナ様にお会いできるのではと、それだけを頼りにここまで参りました」

汚れた外套の下で、騎士が肩をふるわせる。感情を抑えようとしてか、骨張った手が無精髭《ぶしょうひげ》の伸びた口元を覆った。

「最近になって、上級大臣であるヤズィードが、スペルビナの貴族を後宮に献上するとの噂を聞きました。まさかと思い、ヤズィードの館の様子を探ろうと城下を歩くうち、あなた様をお見かけしたのです」

それは先日、アルアクバルと共に芝居見物に出かけた夜のことか。

あの夜、ルスキニアも雑踏のなかに見覚えのある顔を見た気がしていたのだ。足を止めたルスキニアを、アルアクバルは飴屋に気を取られたものと思ってくれたらしい。ほんの一瞬のことで確信を得るには至らなかったが、あれはやはりオルランドだったのだ。

「リリアーナ様のために、そこまで…」

国も主人も失ったオルランドは、土地を捨てて新しい主を見つけることもできただろう。それにも拘わらずリリアーナを護るため、危険なイウサールへの道のりを踏破《とうは》した。

「マレ卿にお誓い申し上げたのです…！　下賤《げせん》な獣どもを許すことなく、必ずや、お嬢様をお助けすると」

こらえきれなかった様子で、騎士の声が嗚咽《おえつ》に掠れる。

ルスキニアにとってのマレ卿は、慈悲深く誠実な保護者とは言いがたかった。だがこの騎士にとっては、唯一無二の主であったのかもしれない。あるいは国も仕えるべき相手も失った今、リリアーナの存在こそがオルランドの拠《よ》り所となっているのか。ルスキニアの目を憚ることなく涙を流した男が、外套の影で奥歯を噛んだ。

「お教え下さい。リリアーナ様は…、リリアーナ様はすでに後宮に召し上げられたのでしょうか」

「…事実です。マレ卿のご息女は、後宮でお変わりなくすごしておられます」

静かに告げたルスキニアに、オルランドがきつく目を閉じる。杖を握り締めた男が、ぶるぶると肩をふるわせた。

「なんという恥辱…。ですが、あなた様にお会いするというリリアーナ様の願いは、叶ったのでございますね？」

喜びと憤りが、交錯《こうさく》しているのか。上擦った男の問いに、ルスキニアは頷く仕種で応えた。

「ああ神よ、感謝いたします…！　ルスキニア様…、どうかお願いでございます。このオルランドが必ずやお救い申し上げると、リリアーナ様にお伝え下さい。一刻も早く獣どもからお救いいたしますから、どうかお心を強くお待ち下さいと…！」

取り縋らんばかりのオルランドの懇願に、胸の奥がざらりと痛む。

イウサールの民を獣と罵る激しい憎悪は、故国で何度も耳にしたものだ。涙にぬれ、ぎらぎらと目を光らせるオルランドに、ルスキニアはもう一度頷いた。

「あなたの無事を、必ずリリアーナ様にお伝えするとお約束します。ですが…」

「感謝いたします！　お辛いでしょうが、今しばらく…今しばらくご辛抱下さい。命に代えてもお二人をお助けいたします」

「二、人…？」

思いがけない言葉に、ルスキニアが瞬く。

真っ直ぐに通りを見据えたまま、オルランドが外套の陰で顔を拭った。

「お労しや、ルスキニア様。ダヴィド王の遺児《いじ》たるあなた様が、獣の元で日々をすごされるなど。どれほどお辛かったことか…」

泣いて、いるのか。ルスキニアの境遇を思って。

妾腹とはいえ、オルランドがマレ卿の娘のために身を削るのは、まだ理解できる。だが、ルスキニアはプロスティブラだ。第一王子である実兄が他界したとはいえ、ルスキニアが忌み嫌われる存在であることに変わりはない。それにも拘わらず、目の前の騎士はリリアーナと共にルスキニアをも救おうと言うのか。

「オルランド様、私は…」

「そもそもあなた様を、獣ごときに差し出したのが誤りだったのです。ダヴィド王のお子である御身《おんみ》を獣に投げ出させる真似《まね》などせず、最後まで戦っていれば…！　そうすれば今頃マレ卿も…」

アルアクバルの求めを拒み、第二王子であるルスキニアを護る。

イウサールの後宮へ召し上げられることが決まった時、そう主張する者は誰もいなかった。無益な選択肢だと、皆が知っていたからだ。しかしマレ卿が命を落とした今、どうせ同じ結末だったなら王子を獣にくれてやる必要はなかったと、そう言うのか。

いや目の前の男は純粋に、ルスキニアを犠牲にしたことが誤りだったと嘆いてくれているのかもしれない。

どちらにしても、詮《せん》ない仮定だ。

もし同じ場面で同じ選択を迫られたら、モルガナ城の者たちは何度でもルスキニアをアルアクバルに差し出しただろう。それが、プロスティブラであるルスキニアの価値だからだ。

ルスキニア自身、それを辛いと思ったことはない。辛いと感じる心さえ、持たなかった。

だが、この瞬間はどうか。

あなたを救うと、そう言って涙を流す騎士を前に、胸の内が揺れた。

喜び、ではない。

悲しみや怒りでもなかった。言葉にするなら、それは漣《さざなみ》のような驚きだ。

自分という人間は、あの塔で暮らしていた頃と変わりない。笑うことや、憤ること、誰かを自分以上に大切に思う気持ちを知りはしたが、全くの別人に生まれ変わったわけではないのだ。

それにも拘わらず、周囲にとっての自分の価値は大きく変わった。

その事実を手放しで喜べないのは、己が素直さとはほど遠い人間だからか。あるいはこの心から、あまりにも多くのものが欠けすぎてしまったせいかもしれない。

無論、オルランドを責めようなどとは微塵も思わなかった。オルランドは、スペルビナの貴族だ。プロスティブラであるルスキニアを救うなどという発想を爪の先程も持たず、憎しみの目を向けられても不思議はない。それがどんな理由からにせよ、ルスキニアの立場を思いやり涙を流してくれたのだ。

「全ては、すぎたことです」

そうだ。もう全ては、起きてしまったことだ。

マレ卿はこの世を去り、ルスキニアはイウサールの大地に立っている。それを覆せるとも、覆したいとも思わなかった。

「ルスキニア様…」

「リリアーナ様をお救いになるための、具体的な策はお決まりなのですか？」

このイウサールへは、あなた一人で来たのか。

そう尋ねたルスキニアに、オルランドが顔を歪めた。

「…今、志《こころざし》を同じくする者を集めているところです。その辻の先に、鶏の興行を生業《なりわい》にする男の屋敷がございます。私はそこに身を置いておりますが、出入りする者のなかには私以外にも…」

「オルランド様のご尽力には、リリアーナ様も心より感謝申し上げるでしょう」

「ありがとうございます…！　ルスキニア様が後宮から外に出る特権をお持ちなら、策はいかようにもあると…」

言い募ろうとするオルランドに、ルスキニアがもう一度首を横に振る。

なにかを拾う仕種で、ルスキニアは騎士の傍らへと膝を折った。

「スペルビナは、すでに滅びました」

迷いなく告げたルスキニアに、オルランドが息を呑む。

スカーフ越しに瞬くと、間近にルスキニアを捉《とら》えた男が驚きの形に口を開いた。布を巻きつけていても、たおやかな姿の全てを隠すことはできない。真珠のような肌の輝きを鼻先に捉え、オルランドが大きく喉を鳴らした。

「ダヴィド王も去り、マレ卿もそれに続きました。あなたもまた命を惜しむことなく、君主に続くお覚悟をお持ちであることは、よく分かりました。ですが、リリアーナ様をイウサールより連れ出せたとしても、復興すべき家はすでにありません」

　ルスキニアが異を唱えるなど、想像だにしていなかったのか。愕然《がくぜん》と目を開く男に、ルスキニアは静かに続けた。

「私の身にしても同じです。私がスペルビナに戻ったとして、そこに暮らす民たちはすでにダヴィド王のものでもなければ、ましてや私のものでもありません。あなたの主も、今はもうあなたご自身だけです」

　亡き主人との約束を果たそうと、無力なリリアーナを見捨てず身を削るのは、亡国の騎士として尊い行いだ。

　だが厳重に守られたイウサールの後宮からリリアーナを攫《さら》うなど、万に一つも成功の望みはない。ルスキニアが力を貸し少女を後宮の外に連れ出せたとしても、その後はどうする。王都を抜け、国境を越え、スペルビナまでの道を逃げ延びられるとは思えない。そもそも、故国に安住などできるはずがないのだ。逃亡者としてさまよいながら、いつか訪れる復権の日を夢見るつもりなら、それこそ夢物語というものだろう。

「リリアーナ様の身の安全こそを第一にお考えなら、無謀な企みはお捨てなさい。そしてあなたは、今すぐにでもイウサールを離れるのです」

「なっ…、なにをおっしゃるのです…ッ！　見捨てろと…!?　リリアーナ様もあなたも置いて逃げろとおっしゃるのですかッ」

「滅んだ国のために、これ以上あなたやリリアーナ様が犠牲になる必要はないと申し上げているのです。その代わり、今後はリリアーナ様にご恩がある者の一人として、私がこの命に代えて彼女をお守りすることを、あなたにお誓いします」

そんな言葉に、従えるわけがない。そう訴えようとしたオルランドが、声を詰まらせる。背後に落ちた足音に、ルスキニアは睫一つ動かすことなく振り返った。

「いかがなさいました。小夜啼鳥様」

「セヘル。すみません。この者が、私が落とした品物を拾う手伝いをしてくれたので…。もしお願いできれば、いくらかお礼を渡して頂けませんか」

ルスキニアが男の前に膝を折っていることを、不審に思ったのだろう。声をかけてきたセヘルへと、ルスキニアは喜捨のための鉢を示した。

「それはよろしゅうございますが…。それよりそろそろ参りましょう」

セヘルの目が、注意深くオルランドを一瞥する。声にならない声で呻いた騎士を、セヘルは満足に動くことができない物乞いだと理解したのか。鉢へと落とされた硬貨が、固い音を立てた。

「…あなたに、神のご加護があらんことを」

我に返ったオルランドが、イウサールの言葉と共に鉢を押し頂く。

ありふれた別れの言葉を、ルスキニアも胸の内で繰り返した。

もう二度と会わずにすむことが、お互いにとってもリリアーナにとっても最良だろう。振り返ることをせず、ルスキニアはなめらかな石畳を踏んだ。


「さあルスキニア様、今夜こそ宦官たちのゲームのお相手をして頂きますよ。ルスキニア様に追いつこうと、皆懸命に腕を磨いているのですから」

早い夕餉の膳が下げられた居室で、宦官長が笑う。

香りのよい茶を手に、ルスキニアは慌てて首を横に振った。

「またご冗談ばかり。この前私が勝てたのは、幸運にすぎません」

「ご謙遜を。ルスキニア様ほど呑み込みの早い方は初めてだと、腕自慢の宦官たちも驚いておりました。お疲れでなければ、是非お手合わせ下さい」

疲れているかと気遣われると、身の置き場がない。

昨日はアルアクバル王の許しを得て、セヘルと共に街に出ていた。幼い頃から外を駆け回るといった経験がないルスキニアは、長い時間歩くことに慣れていない。城に戻った頃には疲れ果て、意識を失うように寝入ってしまった。

肉体的な疲労は勿論、精神的なものもあったのだろう。祠へ向かう途中で出会った男の姿が、瞼に焼きついている。

マレ卿に忠義を捧げ、リリアーナの奪還《だっかん》を願う騎士だ。

もしかしたら、自分やセヘルの後をつけて来はしまいか。ルスキニアの危惧《きぐ》に反し、幸いにも祠を訪れて泉を巡る間も、騎士の気配を感じることはなかった。

無謀な望みは捨てリリアーナの身柄を任せてくれるよう諭した自分の言葉を、どこまで受け入れてくれたのか。プロスティブラごときの説得になど、耳を貸す気はないかもしれない。だが騎士自身とリリアーナの身の安全を思えば、それが最良の選択に思えた。

あたたかな茶杯を両手でくるみ、深い息を吐く。

昨夜は王が訪れるまで、起きて待つことができなかった。アルアクバルは遅くに部屋を訪ねてくれたが、ルスキニアを起こすことなく隣で眠ったらしい。そしてルスキニアが目覚めるより早く、寝台を後にしたのだ。朝日が差す頃、夜具に落ちた立派な髭に気づき青褪めた。

王に話すべきことが山ほどある夜に、自分はなんという失態を犯したのか。

悔やんでも、どうしようもない。今日も一日アルアクバルは執務に追われているらしく、後宮に戻る様子はいまだなかった。

「リリアーナ様は、どうしておられます」

甘い菓子を運んでくれたセヘルに、ルスキニアが尋ねる。

「この二日は、午後を西の中庭でおすごしだったとか。ルスキニア様がお届けになられた針と糸がお気に召したのか、庭で刺繍に励まれていらしたとも聞いております」

「それはよかった。…皆でゲームをするなら、今夜はリリアーナ様もお誘いしてよいでしょうか」

どちらかの部屋を訪ねるわけでも、二人きりで会うわけでもない。広間で宦官たちと遊戯に興じるなら、リリアーナを招いても悪くはないだろう。ルスキニアの提案に、セヘルが侍女を振り返った。

「それでは人を迎えにやりましょう。お部屋は、木蓮《もくれん》の間に近い広間を…」

なめらかに続くはずだったセヘルの声が、途切れる。

その場にいた誰もが、思わずといった様子で息を呑んだ。開かれた扉の前に、黒々とした影が落ちている。悠然とした足取りで部屋へと進んだアルアクバルが、頭に巻いた布を無造作に毟った。

「どうせなら、俺の相手をしろ」

頭を振る動きに併せ、灰色の耳が揺れる。ぱた、と音が鳴りそうな動きに目を奪われていたルスキニアは、我に返って長椅子を立った。

「お戻りでございましたか、王」

「楽にしていろ」

礼を取ろうとしたルスキニアを制し、アルアクバルが盤の用意を宦官に命じる。

「お相手とは、ここでゲームを？」

今夜は、王も盤を囲むと言うのか。しかも広間で宦官たちを相手にするのではなく、この居室で。

驚くルスキニアに腕を回し、アルアクバルがどっかりと長椅子に腰を下ろした。

「広間にはお前の客人を呼んで、宦官を相手に気晴らしをさせてやればいい。お前はここで、俺につき合え」

引き寄せられ、ルスキニアの尻が逞しい腿へと落ちる。背後からすっぽりと巨軀に抱えられても、セヘルは無論その場にいる誰もが顔色を変えたりしない。むしろにっこりと笑みを含んだ侍女たちが、王とルスキニアのために新しい飲み物を用意した。

「ですが私など、とても王のお相手は務まりません」

それよりも、夕餉はもうすませられたのでしょうか。尋ねようとしたルスキニアに構わず、アルアクバルが霞のようなヴェールを捲り上げた。

「先日もそう言って逃げたな。俺が相手では、不満か」

「まさか……！」

「そうか。てっきり、俺を打ち負かしてその面目を潰してしまうことを畏れ、逃げ回っているのかと思っていたぞ」

間近にある王の唇が、にたりと笑う。

「な…」

そんなわけはございません。即座に否定しようにも、驚きに声が詰まった。

「違うのであれば構わんだろう。勿論、ただでとは言わん」

鷹揚《おうよう》に告げたアルアクバルの前に、磨き上げられた遊戯盤が用意される。

ルスキニアがゲームの手ほどきを受けていると聞き、王が贈ってくれたその盤は、驚くほどに豪華なものだ。

戦車、あるいは騎馬と呼ばれるこのゲームには、枡目《ますめ》で仕切られた盤が用いられる。ルスキニアのため特別に誂えられた盤には黒檀が使われ、枡目には象牙が、その縁取りには七色に光る螺鈿《らでん》が象嵌《ぞうがん》されていた。

「俺に勝てたら、お前の望みを一つ、なんでも叶えてやろう」

「私の望みは、すでに叶えて頂いております」

それこそ、過分なほどに。そう伝えようとしたルスキニアの耳朶《じだ》を、獣じみた動きでアルアクバルが囓った。

「本当か？　昨日はセヘルと街に出て、細々としたものを買い求めてきたそうではないか。なかに、随分と立派なブラシがあったと聞くが」

確かに昨日、ルスキニアは白木の刷毛を持ち帰った。余程、ものほしげな顔をして眺めていたらしい。気づいたセヘルが、買い与えてくれたのだ。

「あれ、は…」

「お前の髪に使うには、粗《あら》い上に硬すぎる。…だが俺には、丁度いいと思わないか？」

丁度いいとは、この灰色の髪にか。

耳の被毛と同じ色をした王の髪は、ルスキニアのそれより癖が強く、硬さもある。だがきっと、それに対してではないだろう。

王の意図を理解して、ごく、と喉が鳴った。

もし。もしあのブラシで、夜の空のようにうつくしい虎の被毛を梳《す》けたなら。

街でブラシを目にした時、ルスキニアが真っ先に思い浮かべたのは叢雲のような模様を持つ獣の毛皮だった。王が纏うそれは絹のようなやわらかさこそないものの、なめらかでうっとりするような艶がある。

しかし残念なことに、王は自らを飾ることにまるで頓着しなかった。勿論日々必要に応じ、立場に恥じない装《よそお》いで美々しく整えてはいる。だが戦場暮らしが長かったせいか、自らを過度に飾って楽しむ趣味はないのだ。そのため、今目に映る尾も毛並みはいくらか乱れていた。

ルスキニアがゲームに勝ったら、あのブラシを使わせてくれるというのか。この、素晴らしい被毛に。

想像すると、ぎゅうっと左の胸が痛くなった。

「…謹《つつし》んでお受けいたします」

考えるより先に口を開くなど、愚かの極みだ。分かっているのに、ルスキニアは胸に手を置くと深々と頭を下げていた。

「よし。それでは俺が勝ったら、お前に俺の望みを叶えてもらうぞ」

鋭い犬歯を覗かせた男が、ルスキニアの唇へと唇を押しつける。

「な…。そんな必要は…」

勝負に勝たずとも、王にはルスキニアの全てを求める力がある。目を瞠ったルスキニアを、アルアクバルが自らの足の間へと抱えなおした。

王は、この姿勢を気に入っているのか。もしかしたら大型の獣が、腹の下に獲物を抱え込むのに似ているのかもしれない。

「慈悲深い俺は無体など言わないだろうから、負けても恐ろしくはないと？」

にたりと笑ったアルアクバルを、恐ろしく思わない者などいるのか。思わず息を詰めたルスキニアを胸元に引き寄せ、骨張った手がぞろりと脇腹を撫でた。

「お、王…っ」

「先攻はお前に譲る」

盤と同じく、そこに並べられた駒もまた贅沢だ。王が手にした駒は、ずっしりとした白金で作られている。対するルスキニアの駒は、サファイアとラピスラズリを彫り上げたものだ。左右の陣地に分かれて並べられた駒の一つを、ルスキニアが思案の末に前へと進めた。

「また、首長たちから祝いの品が届いたそうだな」

ルスキニアが置いた駒を眺め、アルアクバルが白金の駒を動かす。

軍隊を模した駒を使ったこのゲームは、運ではなく戦略を競うものだ。ルスキニアの故国にもよく似たものがあったが、イウサールのそれとは駒の種類や動き方、枡目の配置などが少し違った。王都で暮らしていた頃に家庭教師から手ほどきされて以来、誰かと対局したのは初めてだ。お蔭でつい嬉しくなり、学び始めた日は居合わせた宦官たちが驚くほど熱中してしまった。

「…はい。上級大臣のルクマーン様、ジタールの副知事様からも、お見舞いの品をお贈り頂いてしまいました」

祝いや見舞いというのは、あくまでも口実だ。何度断っても、ルスキニアの元へは様々な理由をつけ高価な品々が届けられていた。

「ジタールの知事は、今回の件で随分と立場を悪くしたが、お前はどう見る」

「どう、とは…」

今回の一件とは言うまでもなく、先の視察を指すものだろう。

自身が統括する領内で、国王への襲撃を許すなどあってはならないことだ。警備の不備もさることながら、襲撃にはジタールの有力者も関わっていた。行政内の腐敗に端を発した事件となれば、尚更知事は批難を免れる立場にない。

「全ては知事の管理不行き届きによるものだ、と。さっさと知事の首を斬って、王都から新しい者を送るべきだと言う者もいる」

当然といえば、当然だろう。そうは思うが相槌《あいづち》を打つことは憚られ、ルスキニアはずんぐりとした駒を斜《なな》めに進めた。ルスキニアの手を受け、王が迷いのない動きで青い駒の一つを奪う。

奪われた駒は、二度と盤には戻れない。その駒と同じように、ジタールの知事を退場させようとする者がいるのだろう。それが誰で、どういった者を後任に推そうとしているかは、ルスキニアにもおおよそ想像がつく。きっとすでに何人かの名前が公然と、後任者として語られているに違いない。

「左様でございますか…」

曖昧に応え、白い手で円錐《えんすい》に似た駒を取る。耳飾りの動きを視線で辿り、背後の男がルスキニアの首筋をれろりと舐めた。

「っ…」

「お前の考えを聞かせろ」

明瞭な問いと共に、厳つい指先が長衣の合わせを割ってくる。帯を巻いて丈の長い上着を羽織ってはいるが、長衣の下は無防備な素肌だ。肋骨《ろっこつ》を数えるように指を使われ、あ、ともう一度細い声がもれた。

「か、考えなどというものは…」

当惑し、腕を押しとどめようとするのを許さず、王が宦官長へと目配《めくば》せした。

膝を折った侍女たちが、音もなく部屋を辞してゆく。最後に香炉を確認したセヘルが、黄金の扉を閉ざした。

「お前はうつくしいだけの木偶《でく》人形ではない。お前自身の考えがあるだろう」

ルスキニア自身の、考え。

そんなものを、故国において求められたことは一度もない。尋ねられたとしても、応えることは最悪の悪手だった。

正誤を問わず、ルスキニアの意見が常に相手を喜ばせるとは限らない。

セヘルは、ルスキニアを無欲だと言った。意見や成果を声高《こわだか》に吹聴しないことは、必ずしも美徳ではない。むしろ誰かに軽んじられたり脅かされたりしないよう、もっと賢く立ち回るべきだ、と。

自由を大きく制限されていたとはいえ、ルスキニアはスペルビナの宮廷で育った。そんな自分には、セヘルが言わんとする意味は痛いほどよく分かる。

策謀が渦《うず》巻く宮中では、誰もが強固な鎧《よろい》なくしては生きられない。

その鎧が権力であるのか、権力にすり寄るための立ち回りなのか、揺るぎない資金力であるのか、それは様々だろう。だがルスキニアが選べたものは、沈黙だけだった。

勝ち馬を探さず、負け馬に石を投げず、全てから距離を置いて気配を殺す。

不意に父王の視線がルスキニアに留まり、今日はあいつの首を刎ねようと思いつかれたりしないように。兄が遊戯盤を囲む時、取り巻きの誰かが幽閉された第二王子の噂話を披露したりしないように。

日々薄氷《はくひょう》を踏む心地で生きてきたルスキニアにとって、沈黙を捨て口を開くのは裸にされるより恐ろしかった。

「…っ、あ、私の考えなど、愚にもつかないことでございます」

「お前は、俺に助言することも懼れるのか？」

「助言、だなどと…」

そんな、大それたこと。

ふるえたルスキニアの胸郭を、ごつごつとした手が形を確かめるようにさする。まだやわらかな乳首に硬い皮膚が当たり、その少し荒れた感触に肩が竦んだ。

「ん…」

「お前は、政争に関わらないことで己が身を守ってきた」

ひくりと揺れてしまった肩から、月光色の髪が胸元へとこぼれる。その動きを眼で追った王が、髪を払う代わりにルスキニアの乳首をやわらかく引っ張った。

「っ、ァ」

「お前くらい賢ければ、誰かを操り自分を守らせることくらい容易だっただろう。だがお前は、自分以外誰も信じなかった。賢明なことだ。それなのに何故今回に限り、危険を冒してまでマレ卿の娘を側に置く？」

「リリアーナ、様…？」

何故今ここで、リリアーナの名前が出てくるのか。

潤みそうな目で訝しむと同時に、ひやりと心臓の裏側が冷える。

即座に脳裏を過ったのは、青い目を持つ騎士の顔だ。

昨日街で出会った男の件を、ルスキニアはいまだ王に告白できていない。秘匿し続けることは、ルスキニアにとってもリリアーナにとっても危ういことだ。頭では分かっているが、ことはルスキニア一人に関わるものではない。どんな形で、王の耳に入れるべきか。思い悩むまま応えが出せずにいたルスキニアの腰から、王が飾り帯を解いた。

「…あ、王」

「あの客人は、お前にとって火中の栗だ。面会を断り後宮に立ち入らせないことが、お前にとって最善の策だったはずだ。違うか？」

確かに、ルスキニア自身の立場からすればそうだろう。だがリリアーナに会うか否か、後宮に残すか否かの決断をルスキニアは王に委ねた。裏を返せば、積極的にリリアーナを遠ざけもしなかったのだ。

「リリアーナ様が、なにか…」

もしや、自暴自棄になった騎士が後宮に侵入を試みたのか。可能性を思い描いたルスキニアの眼前で、王が盤へと腕を伸ばす。

「リリアーナの部屋から、これが見つかった」

こつりと、音を立てて置かれたのは白金の駒ではない。それよりも一回りちいさな、硝子《ガラス》の瓶だ。

「なにか、お前には分かるか？」

開封された痕跡《こんせき》が残るそれに、見覚えはない。だが悪い予感に、首筋の産毛が逆立った。

是とも否とも応えないルスキニアの反応は、予想し得たものだったのか。背後でゆっくりと、王の尾が揺れる気配があった。

「セヘルが言うには、以前お前が用意した薬とよく似たものだそうだ。あの時よりも強い、毒のようだがな」

「リリアーナ様に会わせて下さい」

彼女は、生きているのか。

込み上げた危惧に、声が掠れそうになる。体ごと振り返ろうとしたルスキニアの肩へと、のすりと頑丈な顎が置かれた。

「会ってどうする」

王の声に、試す響きはない。ただ低く、平坦なだけだ。

それが、恐ろしかった。

背後から回された二本の腕を、途端に重い檻のように感じる。あるいは、枷《かせ》か。

「事情をお聞きいたします」

「お前になら、話すのか？」

背後から、まるでじわじわと闇に押し潰されようとしているかのようだ。ずっしりと重く冷たいそれに、奥歯が固い音を立てそうになる。だが、崩れ落ちることはできない。唇一つふるえさせることなく、ルスキニアは黄金色の双眸を見返した。

「…これは本当に、リリアーナ様の持ち物なのでしょうか。何故、こんなものがあると…」

疑う、わけではない。だが可能な限り、状況を知る必要があった。

「客人とはいえ、彼女はマレ卿の娘だ。念のため警備の宦官が部屋を検めた際、荷のなかに見つけたそうだ」

「後宮の門をくぐる折にも、持参された荷は全て調べられたはずではありませんか？」

当然のことだが、後宮に持ち込まれる荷物には厳重な検査が行われる。リリアーナのような立場となれば、尚更だ。ルスキニア自身、初めて後宮に入る際にはそれまで身に着けていた着衣を全て着替える必要があった。

「小箱の一つに仕掛けがあり、見逃したらしい」

短く教えた男が、気紛れにルスキニアの乳首をつまむ。悶えた踵が臑を撲ったが、王は顔色一つ変えはしない。尖り始めた肉の形を確かめるよう、厚い爪を持つ指が乳首を捻った。

「…ぁ、箱、というのは…、もしや上部に、花の飾りが、ある…」

「心当たりがあるのか」

驚いた様子もなく、男がルスキニアの顎先をべろりと舐める。

「っ、あ…」

リリアーナの手元にあった小箱と聞いて、脳裏に浮かぶものがあった。ルスキニアのために、母の形見を収めてきたあの宝石箱だ。

そうであれば、後宮の入り口で衛兵が見逃したのも無理はない。

中身はなにかと問われ、リリアーナがルスキニアの母に連なる品だと応えたとする。箱を開き、実際そこにカリダの紋が入った指輪があれば、それはもうルスキニアの持ち物に等しい。箱自体まで入念に確かめ、追求できる衛兵はいないだろう。

「…ん、ぁ、あの箱は…、一度は、私のものになった品、で…」

臍を中心に丸く腹をさすった王が、今度はぞろりと股座を撫でる。臍下から性器までをくすぐられると、こんな状況であるにも拘わらず膝がふるえた。

「お前の？」

「っ…、あ…、母の、遺品を届けて下さったお礼に、首飾りを入れて、お返しを…」

リリアーナの労に、報いたい。そうは思っても、ルスキニアの持ち物は皆王から与えられたものだ。有力者たちから贈られてくる品々にしても、単純にルスキニアが自由にしていいものではない。

価値があり、今後どんな時でもリリアーナの助けとなりそうなものを。そう考え、ルスキニアは母の首飾りを再びあの宝石箱に入れ、リリアーナに贈ったのだ。

新しく箱を仕立てなかったことに、意味はない。首飾りを収めるのに丁度よく、愛らしく品のよい意匠がリリアーナによく似合うと思ったからだ。

リリアーナは即座に、受け取れないと断りを伝えてきた。だがそれを押して、ルスキニアが侍女に届けさせたのだ。

「そう言えば、お前は母親の形見をあの客人に与えたのだったな」

肩越しにルスキニアの下腹を覗き込み、男が黄金色の双眸を細める。

恥ずかしさに、かっと首筋を熱が舐めた。白い膝を寄せ、あるいは長衣の裾を引いて王の視界を遮りたいが、許されない。まじまじと視線を注いだ男が、試す動きで腰骨に絡む鎖を引いた。

「…っあッ、ですか、ら、この薬は…」

「リリアーナのものではないと？　では、誰のものだ」

誰の。

そもそも、リリアーナの持ち物ではないと断言することは、ルスキニアにも難しい。

ルスキニアは、リリアーナから一度形見ごと小箱を受け取った。その箱に首飾りを入れリリアーナに贈ったのは、ルスキニアの判断だ。リリアーナにとって、ルスキニアが必ずそうするとの確証はなかっただろう。

ルスキニアに形見を渡す際には瓶を抜き、結果として小箱が手元へと戻った後、再びリリアーナが薬を仕込んだ可能性も否定はできない。だがそうだとしたら、何故手放す予定だった箱をもう一度、毒薬の隠し場所に選んだのか。

反逆の罪で殺された者の娘が、後宮の門をくぐったのだ。わずかな疑いを持たれただけで、斬首より過酷な運命が待っているのは目に見えている。余程の愚か者ならともかく、あの娘が安全な隠し場所を確保できないまま、後宮に毒を持ち込むとは思えなかった。

そうだとすればリリアーナは、小箱に毒が入っていると知らなかったのではないか。

知らないままに宝石箱をルスキニアに渡し、そして再び戻ったそれを自らの手元に置いた。

「王、は…」

可能な限り平静な声を出したいと願っても、喉がふるえる。

皮膚の薄い場所ばかりを狙って触れてくる、意地の悪い手のせいだけではない。胸を塞ぎ押し潰そうとする苦さごと、ルスキニアは掠れた声を絞り出した。

「王は、私を…、お疑いですか」

これほどまでに、身の程を知らない問いはないだろう。

疑われない、わけがない。

ほんの少し前、ルスキニアは似たような小瓶に薬を詰めた。アルアクバルに害をなすための薬だ。

そして今、あの時以上に強力な毒が目の前にある。マレ卿の娘が持ち込み、一時とはいえルスキニアの手元に渡っていたかもしれない薬だ。

マレ卿の娘とルスキニアは通じていて、薬はルスキニアが命じて持ち込ませたのではないか。そう考える者があったとしても、当然だった。

「お前が俺に害をなすと？　莫迦《ばか》を言うな」

一欠片《ひとかけら》の迷いもなく、王が断じる。下らん、と唸る代わりに、逞しい尾が床を打った。

「お前が俺を裏切るなど、夢にも思うか。…だが、何故だ。どうしてそこまで、あの娘を庇《かば》う？」

低く尋ねた男が、ざりりと淡い陰毛を掻き分ける。力を失っている男性器を陰嚢ごと握られ、身構えていたはずなのにぎゅうっと足先が丸まった。

「あっ、そん、な…」

庇っているつもりなどない。

ただ、リリアーナに罪はないと思うだけだ。故国での彼女は、由緒《ゆいしょ》ある貴族の娘として正当に扱われてはいなかった。だが国が滅び家が絶えた今、その血筋故に他者の思惑に利用されようとしている。その不条理を見すごし、誰かの罪を彼女の命で支払わせたくはなかった。

「んん、…ぁ、リリアーナ様は、今…」

ご無事、なのか。

ろくな申し開きも許されないまま、すでに死を賜っていたとしても不思議はない。喘いだルスキニアの陰嚢を、無骨な手が重さを確かめるように揺すった。

「…っ、あ」

「西の部屋の一つにいる。捕らえられて以来、一言も口を開いてはいない様子だがな」

腹の据わった女だ。

呆れたように、アルアクバルが低く唸る。生きて、いるのか。その事実に、ほっと息を吐く間もない。性器を囲む金具をこつ、と指で打たれ、伝わった振動に腰が跳ねた。

「んァ…」

艶やかな白金の環《わ》が、ルスキニアの性器を捕らえている。

アルアクバルに与えられた、貞操帯だ。

つけ根を圧迫する形で、残酷な環が陰嚢ごと性器を噛んでいる。その先には三つ、同様の環が連なっていた。繊麗な鎖と宝石で飾られたそれは、一見すると手の込んだ装身具のように映る。だが勃起までを妨げる機能の冷酷さには、鳥肌が立った。

「あ…」

見たくなどないのに、絹の裾から覗く自分の性器から目を逸らせない。白金に縛られた性器が、つやつやと潤み始めた先端を晒している。そのいやらしい色を褒めるよう、厳つい指がわずかな隙間から裏筋をくすぐった。

「ァ、や、ぁ…」

「たとえ手引きする者がいたとしても、女の身一つでスペルビナからイウサールまで辿り着くのは至難の業だ」

耳穴へと注がれる声の抑揚は、報告書を読み上げるものと大差がない。そのくせ低い響きそのものは、雄の官能にぬれている。

振動に脳味噌が痺れて、背骨ごとどろりと溶け落ちてしまいそうだ。恥ずかしいと思うのに、男の手のなかで金属を絡ませた性器がぴくぴくとふるえた。

「っあ、ァ」

「何故あの娘が、そこまでしてこの国に来たか、お前には分かるか？」

もがいたルスキニアの膝先を、ゆったりと動いた尾が掠める。

わずかに触れた被毛の感触に、ひぁ、と尖った息がもれた。それを笑う動きで、環の隙間から性器の先端をいじられる。ぺちょ、と恥ずかしい水音が鳴り、否定しようのない性感が足裏を包んだ。

「ん、…ぁ、決して、王、を…」

それは決して、王を傷つけるためではない。

イウサールまでの道のりがどれほどの苦難に満ちているかは、ルスキニアにも分かっていた。距離の遠さは言うに及ばず、道中には旅人を狙う不届き者もいれば、野獣が出る道もある。大の男でも苦労するのに、ましてやリリアーナは貴族の血を引く若い女だ。唯一の庇護者だっただろう騎士ともはぐれ、日々どれほどの恐怖に身を磨り減らしたか。

そうまでしてリリアーナがこの国を目指したのは、アルアクバルへの復讐を果たすためなどではないはずだ。

あの日、リリアーナはモルガナ城でアルアクバルを見た。そして、言ったのだ。

獣の王は、うつくしかったと。

スペルビナの民が蔑み、嘲《ちょう》笑《しょう》するイウサールの王にも、リリアーナは偏見の目を向けなかった。

その上、意地悪な姉たちに意見する勇気まで示した。姉たちに逆らわないよう、どんな扱いにも耐えてきた少女がだ。

逆賊として断罪されたマレ卿の死を、リリアーナが実際のところどう受け止めているかは分からない。だが父親の失脚を理由にアルアクバルを逆恨みし、騎士とはぐれても尚仇討ちの道を急ぐ人物だとは思えなかった。

「では、俺を殺すためでなければなんだ」

笑みを含んだ王の唇が、れろ、薄い瞼ごとルスキニアの睫を舐める。

「お前は実によく周囲を見ている。驚くほどにな。そしてそこで得た情報を、的確に精査し読み解く力もある。このゲームも、俺が勝てるかは分からん」

青と銀の駒が拮抗《きっこう》する盤を、アルアクバルが一瞥する。新しく駒を進める代わりに、王の指がすっかり腫れてしまったルスキニアの乳首をつまんだ。

「あっ」

「だがどういうわけか、お前は自分がどう見られているかには無頓着だ」

いや、自分に向けられる好意には、と言うべきか。

低く続けた王の足元で、逞しい尾がうねった。

「あいつは、お前を愛している」

なにを、言っているのか。あり得ない、そんなこと。

咄嗟には、言葉の意味を正しく理解できていないのかとさえ思った。

リリアーナは、スペルビナの女だ。無論、なかにはプロスティブラを憐れみ、同情を寄せてくれる者もいるだろう。リリアーナの場合は、姉たちに母の形見まで奪われたルスキニアと自分自身を重ねたのかもしれない。

そうだとしても、それだけだ。深く心を寄せてくれはしても、まともに話したことさえないプロスティブラを愛する理由があるか。

むしろ彼女が讃えたのは、勇猛なアルアクバル王だ。

姉たちを苛立《いらだ》たせてまで、彼女は威風堂々とした王を賞賛した。そんなリリアーナが、尚更プロスティブラである自分を愛するなどと、どうして思う。

「違…」

「どうせ死ぬなら、一歩でも好いた男の近くで死にたい。あの娘はその一念で、ここまで辿り着いた」

違う。首を横に振ろうとしたルスキニアの臍下を、そろえた指がぞろりと圧した。

「ひ、ァ…」

「これであいつの望みも叶う」

「ぁ、おやめ、下さい…！」

アルアクバルは、本気だ。

自分を抱くこの男は、誰のものであれその首を刎ねる力を持つ。どんな理由からにせよ、後宮へ毒を持ち込んだ者となれば尚更だ。たとえ相手が少女であっても、必要とあればアルアクバルは非情な決断を厭《いと》わない。

「駄目…、です、それは…」

「何故そこまで入れ込む？　取り乱して俺に意見するだけの理由が、あの娘にはあるのか」

乳首を掻いた指が、鎖骨に浮く汗を拭って顎を捕らえる。ぐ、と顎ごと視線を引き上げられ、声がもれた。

「っ…」

理由とは、なにか。

意味を問い瞬いたルスキニアの睫が、揺れる。

まさか。

声にできなかった問いが、喉の奥で潰れた。

「あの女は、お前にとっても特別なのか？」

頬骨を撫でた声が嘲笑に揺れていれば、まだ安堵できただろう。だがルスキニアを覗き込む黄金色の輝きには、どんな皮肉も混じらない。

「な…」

お前が裏切るなどと一片たりとも疑っていないと、アルアクバルはそう言ってくれた。その同じ唇で、リリアーナがルスキニアを愛し、ルスキニアもまた彼女を愛しているのではと問うのか。

驚きに、体中の血が凍る。瞬きさえ忘れたルスキニアの瞳を、漆黒の瞳孔が間近から見下ろした。

「…分かっている」

絞り出された声は、苦い。

あ、と声を上げる間もなく、彫りの深い鼻面がルスキニアの頬骨へと押しつけられた。

「王…」

「お前は、やさしい」

音もなく足首に触れた尾に、肩が跳ねる。被毛に覆われた耳を持つ王が、ぐ、とルスキニアの額へ額を擦りつけた。

「そのやさしさで、獣にも己が身と心を差し出し、与えた」

獣とは、アルアクバル自身のことか。弾かれたように、首を横に振ろうとする。だが顎を摑む手が、それを阻んだ。

「違…、ぁ、王は…」

「獣だ」

いや、と続けた男が、低く笑う。

「獣どころか、怪物か」

振動する息が、男臭い眉が、ルスキニアの瞼に当たり顳顬《こめかみ》をくすぐった。それは、紛れもなく人間の持ち物だ。だが、自分を見下ろす双眸はどうか。

間近で光るそれは、常よりもその色を濃くしている。くっきりと収斂した瞳孔の形は、人に備わるものではない。

虎の、眼だ。

炎を思わせる虹彩の中心に、黒々とした夜の色が沈んでいる。いやこれこそが、全てを焼きつくす業《ごう》火《か》の色か。人の身では宿すことのできない眼光が、鼻先で瞬いた。

「マレ卿の娘がこの薬を所持していたのは、厳然たる事実だ。だが、それをどう使うつもりだったかを含めて、あの娘が一人で企て実行に移したこととは思えない」

喉の奥に、じわりとあたたかな希望が広がる。

思い直して、くれるのか。

万が一にもルスキニアの考えは誤りで、リリアーナが意図的に毒の小瓶を持ち込んでいたとする。

だがその場合でも、リリアーナが一人で計画したこととは思えなかった。むしろ彼女は駒の一つにすぎず、ここに至るには相応の理由があるのではないか。

訴えようとしたルスキニアの鼻筋に、アルアクバルの鼻梁が当たる。擦りつけられた額を熱いものに感じ、自分の肌がいかに冷えているかを教えられた。

「あの娘がどんな経緯でイウサールに辿り着き、誰と手を結び、なにを目的としていたか…。首謀者がいるならその名前を聞き出し、罪に応じた罰を与えることこそが、王としての務めに適うだろう」

「アルアクバル様…」

その、通りだ。

王は首を刎ねる自由を持つのではなく、首を刎ねる責務こそを担う。

アルアクバルは、誰よりも正しく王冠の重さを知る男だ。自らが王座に相応しい存在か否か、それを自問する王族にルスキニアは初めて出会った。妻の頭上から王冠を盗もうとした父や、病身の実母から王冠を毟り取ったルスキニアの実兄とは違う。

込み上げる安堵に、つきんと鋭い痛みが鼻腔を刺した。息をふるわせ、感謝の言葉を伝えようとしたルスキニアの唇へと、音の鳴る口づけが落ちる。

「だが俺自身は、お前の前から永遠に、あの娘を消してしまいたいと考えている」

「え…？」

口腔へと吹き込まれた声の低さに、睫が揺れる。

驚きに跳ねたルスキニアの視線を、暗く光る双眸が逸らすことなく見下ろした。

「最初からだ」

灰色の尾が、影を引き連れて大きく揺れる。対照的に、ぴくりとも動かない獣の耳がルスキニアを正面に捉えていた。

「お前の同郷だというあの娘が手紙をよこしたと聞かされた時から、全てを燃やしてなかったことにしてやりたいと思い続けてきた」

「どうし、て…」

いや、理由なら山とある。

自らの暗殺に加担した男の、その娘だ。そんな者からルスキニアへの連絡を、アルアクバルが快く思うはずがない。上級大臣という立場にあるヤズィードの手を介さなければ、リリアーナからの手紙など決して後宮に届かなかっただろう。

「嫉妬《しっと》だ」

今度こそ、息が止まるかと思った。

突きつけられた言葉は、ルスキニアが思い描きもしなかったものだ。言葉の意味は、十分理解できる。だがそれは、常にルスキニアを対象とはしない感情だった。

スペルビナの宮廷内においても、醜い嫉妬が絶えた日はない。時には王の寵愛を競って、時にはうつくしく鳴く小鳥の所有を巡って、貴族たちは勿論玉座に座る父王でさえその感情の虜になった。

だが嫉妬とは、自らより多くのものを持つ者に向けられる感情だ。または、自らより優れたものを持つ者に。

言うまでもなく、スペルビナでルスキニアに嫉妬する者などいない。そしてこのイウサールにおいて、アルアクバルより多くの、あるいは優れたものを持つ者がどこにいるのか。民は心酔し賞賛の声を惜しまず、神を崇めるようにその足元へと身を投げ出す。勇猛さにおいても冷静さにおいても、足元に積み上げられた黄金の量においても、アルアクバルに比肩する者などいない。それはイウサールに限った話ではないだろう。

その王が、嫉妬すると言うのか。

それもまだ幼いほど年若く、どんな力も持たない痩せた少女に。

「腹の底から、誰かをこれほど妬《ねた》ましく思うのは初めてだ。それも、あんな非力な小娘を。…だが実際、初めて目にした日に、食い殺しておけばよかったとさえ思う。怪物らしくな」

「い…、いけません…！　ぁ、そんな、ご冗談でも…」

たとえ自身に対する皮肉であろうと、寵姫を食う獣などと自らを呼ぶべきではない。上擦る声で咎めたルスキニアを、牙を持つ口が甘く囓った。

「っ、んあ…」

「冗談だと思うか？　お前に物分かりのいい、慈悲深い夫だと思われたい一心で、あの娘を後宮に招いた。その上見栄を張り、お前に会わせるだけでなくここに留め置きもした」

ぐらぐらと、頭の芯が揺れる。とても、現実のこととは思えない。恐ろしさに手足が冷えて、ルスキニアは自らを抱く王の腕に爪を立てた。

「…ぁ、王、もう…」

おやめ下さい。

懇願を重ねようとしたルスキニアの唇に、そっと人差し指が縦に落ちる。黙っていろと、やわらかに口を塞がれ背筋がふるえた。

「俺は長いこと、俺のなかに棲むあの黒い獣を出し抜き、手懐《てなづ》けてやろうと考えてきた。いつか境界を踏み越えて、俺自身があれになる前に」

獣でいることは、心地がいい。理性が薄れ、氾濫《はんらん》する力こそがこの身の全てになるからだ。

だがお前といると、自分が何者か思い出すことができる。

夥しい血が流されたあの夜、アルアクバルはそう言ってルスキニアを抱き締めてくれた。

王は産まれた瞬間から、獣と共にあった。爆発的な力を秘め、鋼よりも鋭利な爪と牙を持つ獣だ。身の内で咆吼《ほうこう》を上げるもう一人の己を、アルアクバルは常に支配し飼い慣らそうと努めてきた。

それは、二つの嵐がぶつかり合うに等しい。

荒れ狂う獣もまた、アルアクバル自身なのだ。

王位どころか、生きてきた世界さえ捨てる覚悟を決めていた王はしかし、こうしてルスキニアの傍らにいてくれる。獣と鬩ぎ合いながらも、玉座に残る道を選んだのだ。

「だがそれは誤りだったようだ。御しがたいのは、あの獣ではない。俺自身を支配するのがこんなに困難だとは、知らなかった」

自分自身の言葉に、アルアクバルが低く笑う。

笑みと呼ぶにはあまりに歪な、苦い響きだ。

「いや違うな。今更、驚く話でもない。モルガナ城でお前を初めて見た時、なんとしても欲しいと思った。あの時から俺は、自制心を持たない愚か者のままだ」

この、瞬間も。

重ねられたはずの笑みは、笑みとは呼べない。

耳に届いたのは、獣の唸りか。名前を呼ぼうとした唇に、鈍く光る牙が擦り寄せられる。暗い影に呑み込まれ、ルスキニアは痩せた胸を喘がせた。


無骨な指が、長い髪を梳く。

月明かりを手繰るような、慎重な手つきだ。

そんなふうに、触れなくてもいいのに。この身は簡単に、壊れたりしない。揺れる髪飾りを追うように、無造作に弾いてくれていいのだ。

いや、髪飾りを追う時でさえ、手荒に扱われたことなどない。いつでもそっと、指を伸ばしてくれた。

誰一人顧みようとしなかった、この自分に。

「…ぁ…」

上げようとした声が、掠れる。喉の痛みを覚え、ルスキニアはちいさく咳き込んだ。

ここは、どこなのか。

瞼を押し上げたが、咄嗟には判断がつかない。身を起こそうとしたその動きで、ルスキニアは自分が寝台に横たわっていることを思い出した。

真新しい絹の夜具が、痩軀をやわらかに受け止めている。いつの間に、眠ってしまったのか。記憶を手繰ると、もう一度大きな咳が込み上げた。

居室の長椅子で、裸に剝かれたのだ。そしてそのまま繋がり、揺さぶられた。

何度も嚙みつかれた首筋が、ひりひりと痛む。それ以上に、繰り返し拡げられ、突き上げられた粘膜が鈍く疼いた。思わず下腹へと指を伸ばそうとして、ぎくりとする。すっかり汗を拭われた腰には、白金の鎖が絡んでいた。

「あ…」

誰が与えたかは、考えるまでもない。

自分を見下ろした、黄金色の双眸が蘇る。同時に一つの名前が脳裏を過り、ルスキニアは薄い体を跳ね起こした。

「大丈夫でございますか。ルスキニア様」

寝台に巡らされた紗の向こうから、澄んだ声が届く。

淡い霞のような紗越しに、侍女たちの影が見えた。遠くで、鐘の音がする。すでに、明かりを落とす時刻なのだろう。風もない夜の気配が、ひっそりと寝室を包んでいた。

「なにか、お飲み物をお持ちしましょうか」

そっと紗を開かれ、ルスキニアが投げ出されていたヴェールを引き寄せる。蠟燭《ろうそく》の火を管理するために訪れたのか、二人の侍女たちが心配げにルスキニアを覗き込んでいた。

「いえ、大丈夫です…。それより、王は…」

どれくらいの時間、あの腕に抱かれていたのか。

アルアクバルの気配を、まだありありと肌に感じる。だが今、ゆったりとした寝台に体を預けているのは、ルスキニア一人だ。掠れたルスキニアの問いに、侍女の一人がわずかに口籠もる。

十分な訓練を受けている彼女たちにしては、珍しい。悪い予感に、ひやりと胸の内側が冷えた。

「…王は、お出かけでございます」

「どちらに？」

重ねた問いの鋭さに、侍女の困惑が深くなる。だがすぐにその気配を打ち消し、赤い長衣を身に着けた侍女が首を横に振った。

「詳しくは存じ上げませんが、すぐにお戻りになられるかと思います」

やわらかに告げた侍女が、ルスキニアのために上着を用意する。羽織るべきか迷った痩躯が、込み上げた咳に揺れた。

「どうかご無理をなさいませんよう。やはり今、なにかあたたかいものをお持ちいたします」

イウサールの後宮で暮らし始めてから、ルスキニアの体調は随分よくなっている。今夜喉が痛むのは、先程まで声を上げすぎたせいだろう。喉元に手をやったルスキニアのために、赤い長衣の侍女が寝台を離れた。

「横になって、お待ちになられて下さい。もう遅い時間でございますから」

残った侍女が、やわらかな上着を着せかけようとする。華奢なその手を、ルスキニアは発作的に摑んでいた。

「王は…、王は内廷に、お戻りなのですか？」

平素、ルスキニアは侍女を問い詰める真似などしない。尊大な態度を取ることもなく、常に控え目なルスキニアが食い下がるなどと思ってもみなかったのだろう。大きく目を見開いた侍女が、まじまじとヴェール越しにルスキニアを見た。

「お願いです。教えて下さい」

懸命な問いに、侍女がそっと周囲に目を走らせる。

「……王は、未亡人の館に向かわれたかと存じます」

小声で教えられ、ルスキニアはちいさく息を詰めた。

「まさか…」

未亡人の館とは、後宮の主である王が逝去《せいきょ》した後、その妃や寵姫たちが移り住む場所の一つだ。文字通り夫を喪《うしな》った女たちがその後の人生をすごすための館だが、機能はそれだけではない。後宮とも俗世とも異なるそこは、時として私的な刑場の役目も果たした。

「リリアーナ様もご一緒に？」

低くなったルスキニアの問いに、侍女が再び口籠もる。それこそが、応えだ。気がつけば、考えるより先にルスキニアは寝台を飛び出していた。

「っ」

用意された靴に足を入れることも忘れ、床を踏もうとした体がぐらりと揺れる。

「ルスキニア様！」

息を呑んだ侍女が、よろめいたルスキニアを慌てて支える。どうにか床に崩れ落ちることは免れたが、上手く膝に力が入らない。強靭な体軀に伸しかかられ折りたたまれていた体の節々が、ぎしぎしと悲鳴を上げていた。

「お待ち下さい。今、誰か人を…」

宦官を呼ぼうとした侍女を、腕を摑んで引き留める。

「大丈夫です。それより、王は、いつお出かけに…」

「つい、今し方。それほど、時間は経っておりません」

隠すことなく教えた侍女が、寝台へとルスキニアを促した。ふらつきながらも腰を下ろしたルスキニアへ、侍女が改めて上着を着せかける。

「…詳しい事情は存じ上げておりませんが、リリアーナ様を未亡人の館に移されたら、王は今夜のうちにこちらへお戻りになられると伺っております」

リリアーナが不穏な薬を隠し持っていたことは、後宮内にはいまだ知れ渡っていないらしい。リリアーナの名を口にする侍女の声に、奸計を匂わせる緊迫感は滲んでいなかった。ただリリアーナが密かに後宮から連れ出された事実だけは、目敏い侍女たちに気づかれているのだろう。

「未亡人の館と聞くと、ご不安が募られるかもしれません。ですがどうぞご心配なさいませんよう。王がルスキニア様以外の寵姫を娶るなど、あり得ないことでございます」

王が、何故リリアーナを連れて未亡人の館に向かったのか。事情を知らない者の目には、アルアクバルが後宮の外にリリアーナを囲おうとしているように見えるのかもしれない。あるいはなんらかの事情で、王がルスキニアからリリアーナを遠ざけようとしているのか。いずれにしろ、それはルスキニアが危惧する状況とは大きく異なった。

「リリアーナ様をご覧になった方はおられますか」

「西の棟に出入りする者の話ですと、宦官たちに連れられてひっそりと後宮をお出になられたとか。ヤズィード大臣は勿論、後宮の者たちもリリアーナ様が館に移られたことを知る者は少ないかと存じます。私は未亡人の館にも知人がおりますから、聞けばリリアーナ様の詳しいご様子が分かるかもしれません」

お調べいたします、と請け合った侍女に、ルスキニアが薄い肩を喘がせる。

「ありがとうございます…。ですが、そこまでお願いしては…」

未亡人の館は市街地を挟み、後宮は勿論内廷からも離れている。時折、館から舞踊の指南役などが招かれたりはするが、そうした者たちを頼って情報を得るのも、言葉にするほど容易なことではないはずだ。

そもそも侍女たちは、最初はルスキニアに王の行き先を教えることを躊躇した。心配をさせまいとしたのか、あるいはなんらかの箝口令《かんこうれい》が敷かれているのか。燃えるような眼で自分を見たアルアクバルの様子を思い返せば、後者であっても不思議はない。

苦い痛みが胸を刺し、ルスキニアは唇を噛んだ。

「お任せ下さい。ルスキニア様が私に…、私の母にお与え下さったご恩情に報いるにははるかに及びませんが、少しでもお心を軽くするお手伝いができれば幸いに存じます」

　深く体を折った侍女は、過日《かじつ》病身の母に飲ませる薬が手に入らないと嘆いていた者だ。ルスキニアからとは分からないよう薬を届ける手配をしたはずだが、やはり後宮で秘密を保つのは困難であるらしい。

「私は、なにも…」

「それでは私の独り言と、お聞き流し下さい。お与え頂いたお慈悲が、私一人に対するものではなく、側仕えの女たちを等しく大切にお考え下さる結果であることは皆が重々承知しております。なにかお役に立てることがございましたら、なんなりとお申しつけ下さい」

「…あなたたちもセヘルと同じく、私を買い被りすぎです」

　静かに首を横に振ったルスキニアに、侍女が大きく目を瞠る。

「セヘル様…！　そうです、セヘル様は内廷においでのはず。なにかご事情をご存知かもしれません。宦官をやって、お呼びいたしましょうか」

　王と共に、セヘルは未亡人の館に向かったわけではないのか。

　早速立ち上がり、宦官を呼ぼうとした侍女に、ルスキニアが首を横に振る。

「いえ、それより一つ、お願いをしてもよいでしょうか」

「なんなりと」

　唇を綻ばせた侍女が、優雅に一礼した。

「王がお戻りになるまで、少し休ませて頂こうと思います。折角ですがお茶はお断りして、代わりによく眠れるよう、新しい香を焚いて頂けますか」

　蠟燭は取り替えられているが、手つかずの香炉には灰だけが残っている。はっとした様子で、侍女が銀の香炉に手を伸ばした。

「申し訳ありません。すぐにご用意いたします。…本当に、セヘル様をお呼びしなくてもよろしいのでしょうか」

「この時刻ですし、内廷においでなのにはきっと理由がおありでしょう。あなた方も、ゆっくりお休みになって下さい」

　ルスキニアの言葉に、はい、と応えた侍女が部屋を辞す。

　彼女の小麦色の手に収まった香炉から、ふわりと甘い香りが流れた。重みのあるそれには、どこか香辛料の香りが混ざる。

　更けてゆく夜の気配を間近に感じながら、ルスキニアは長い睫を伏せた。

　乾いた足音を、意識する。

　だがそれよりもうるさく鳴り続けるのは、胸の鼓動だ。荒い呼吸に瘦軀を喘がせながら、ルスキニアは大理石の通りを踏んだ。

「…ぁ…」

寝静まった夜の街が、目の前にある。

歩調をゆるめないまま、ルスキニアは今通ってきた道を振り返った。

暗い夜の空に、王宮の影が黒々と浮かんで見える。あそこから、一人きりで飛び出してきたのだ。

改めて考えると、ことの重大さに冷たい汗が滲んでくる。呼吸が大きく乱れて、ルスキニアはヴェールの下で喘いだ。

上手くいくとは、少しも期待していなかった。だが、成功したのだ。

いや、まだ成功とは言いがたいか。

逸る気持ちで通りを踏み、ルスキニアはただ先を急いだ。

後宮は元より内廷に至るまで、王城には王のためだけの通路が張り巡らされていた。多くの者は、その存在さえ知らない。アルアクバルと街を訪ねた際に使ったのは、そうした抜け道の一つだ。そして今夜ルスキニアが通ったのも、そんな隠された通路だった。

尤もその通路を、ルスキニアは自らの目で確かめたわけではない。セヘルと共に後宮から外出した際も、ルスキニアは常に目隠しをされていた。どこをどう通り、どんな仕掛けを抜けるのか。それを、目視したことはないのだ。

だが今夜、ルスキニアは同じ通路を方角と歩数、音や風の動きを頼りに通り抜けた。明かりを持たず暗闇を進むには不安もあったが、目隠しと同じ条件だと考えれば肚《はら》も決まる。後宮を警備する宦官たちの目を盗み、右に七歩、左に折れて十二歩と慎重に通路を進んだ。

暗がりに目が慣れ、見覚えのある路地が見えた時には心底ほっとした。たった一人、自分の意志で外へ出るなど、故国での暮らしを通じても初めての経験だ。隠された通路の入り口に立った途端、衛兵に射殺《いころ》されても致し方ないと考えていた。

だが、抜け出せたのだ。

安堵や開放感は、微塵もない。心臓が破裂しそうな緊張感に、ルスキニアは壊れそうな胸を喘がせた。後宮で耳にする以上に大きく、鐘楼の鐘の音が体を打つ。過日アルアクバルと芝居を見物した晩よりも、時刻はいくらか遅い。そのせいか、あの夜の賑やかさが嘘のように通りは静まり返っている。人影の絶えた夜の街は、まるで雪に閉ざされた暗い森のようだ。

ぶるりと肩をふるわせ、ルスキニアは痩躯に巻きつけた外套を強く握った。

今頃後宮ではルスキニアの不在に気づき、騒ぎになっているだろうか。

自分の望みに応え、香炉を用意してくれた侍女の顔が目に浮かぶ。彼女には、本当に悪いことをした。ルスキニアの言葉を信じ、寝室に一人で残したこと。なにより王とリリアーナが未亡人の館に向かったと教えたことを、責められてはいまいか。

非は、ルスキニア以外の何者にもない。誰に唆《そそのか》されたわけでもなく、ルスキニア自身の意志によって後宮から抜け出すことを決めた。そう伝えるための走り書きを残してきたが、効果があるかは分からない。

侍女が言う通り、セヘルを呼び出してアルアクバルを止めてくれるよう、懇願すべきだったか。あるいは自分を連れて行ってくれと訴えるべきだったかもしれない。胸に湧いた想像を、ルスキニアは首を横に振って打ち消した。

王の側近であるセヘルを説き伏せるだけの材料が、自分にあるとは思えない。説得を試みても、朝になっては全てが終わっているかもしれないのだ。

もつれそうになる足で、懸命に石畳を駆ける。息を切らして進んだ先に、月明かりに浮かぶ辻が見えた。

「あそこ、が…」

辻の奥には、盛り場があるのだろうか。明かりが点った店のいくつかから、男たちの声がもれている。鎧戸が降りた窓のなかにも、細く明かりがこぼれているものがあった。

月の明るい晩であるのは、幸いだ。そうした店や屋敷に目を凝らし、通りを進む。木箱を積み上げた一軒を見つけ、ルスキニアはその扉の前に立った。

痛いくらい、鼓動が強く胸を打つ。だが、迷っている時間はない。一度だけ深く息を吸って、ルスキニアは裏口と思われる木戸を打った。

「…っ」

応《いら》えは、ない。嫌な想像が、胸を舐める。喘ぐように息を吸い、ルスキニアはもう一度拳を握り締めた。

「はい」

切迫した音に応え、ようやく嗄《しゃが》れた声が返ってくる。

「お開け下さい」

聞き慣れないだろうルスキニアの声に、扉の向こうに困惑の気配が落ちた。それでもがたがたと音を鳴らしながら開かれた扉に、安堵の息がこぼれる。

「遅い時刻にすみません。こちらに…」

扉を開いたのは、小柄な老女だ。暗い色のヴェールを被り、全身を外套で覆ったルスキニアは一見し男とも女とも判じがたかったのだろう。怪訝《けげん》そうな老女に取り次ぎを頼もうとして、ルスキニアは目を輝かせた。

「騎士殿…！」

来訪者に気づき、部屋の奥から男が出てくる。

無精髭を蓄えた精悍な容貌が、ルスキニアを認め驚きに強張《こわば》った。

「ルスキニア様、どうしてここに…！」

薄暗い厨房《ちゅうぼう》に現れたのは、故国を同じくするオルランドだ。訝る老女を下がらせ、オルランドが信じられないものを見る目でルスキニアを見た。

「この辻にある館で、闘鶏《とうけい》に携わっているとお聞きしていましたから」

正確には、オルランドの口から闘鶏という言葉を聞いたわけではない。だが芝居の夜にオルランドを見かけた際、男は鶏を競わせる者たちの側に立っていた。戸口の傍らに積まれた木箱を視線で示すと、オルランドが益々大きく目を見開く。

「確かに、そうでございますが…。しかし、よくぞご無事で…！」

まだ驚きを拭えない様子だったオルランドが、はっと我に返って扉の外を確かめた。

「リリアーナ様は…？　リリアーナ様はどちらに？」

「…彼女はご一緒ではありません。リリアーナ様は未亡人の館に移されました」

低くなったルスキニアの声に、扉を閉じたオルランドが眉根を寄せる。

「どういうことですか？　未亡人の館というのは、確か街の向こうにある…」

「先代の王に仕えた女たちのための館ですが、後宮で罪を犯したり、政争に敗れた女たちの仕置きの場でもあります」

ルスキニアのために明かりを用意したオルランドが、ぎょっとして手を止めた。

「捕まったとおっしゃるのですか!?　もしや逃げ出そうとして？」

ここに来る途中で、リリアーナ一人が捕まったのか。そう問うオルランドに、ルスキニアは首を横に振った。

「違います。リリアーナ様は、スペルビナの毒を隠し持っておいででした」

言葉の意味が、すぐには理解できなかったのか。問いを重ねようと口を開いたまま、オルランドが顔色を失った。

しかし、心当たりがないわけではないらしい。ふるえる手で、騎士が髭に包まれた口元を押さえた。

「なんということを…！」

低く呻き、オルランドが石造りの床を踏む。二人が立つ厨房は、雑然としているが十分に広い。興行主の館だと言うが、出入りする使用人たちの数も多いのだろう。熊のようにうろうろと厨房を歩き回り、オルランドが、ルスキニアを振り返った。

「それはいつのことでございますか」

「今夜のことです。二つ前の鐘が鳴るより前の…」

ルスキニアの言葉を聞き終わる前に、オルランドが床を蹴る。煤けた厨房の壁にかけられていた革の袋を、男が毟るように摑んだ。

「リリアーナ様を、お助けしなければ…！」

「未亡人の館へ向かわれるつもりですか？」

「勿論です。すぐに馬を用意いたします」

騎士らしい手際で、オルランドが革袋を肩にかける。慎重に扉を開けた男が、もう一度周囲に目を凝らした。

厨房の裏手に見えるのは、厩《うまや》だろうか。人の気配がないことを確かめ、騎士が裏庭へとルスキニアを促した。

「手助けしてくれる者は、他にいらっしゃるのでしょうか？　もしおいででも生きて戻るどころか、リリアーナ様のお顔を見ることも適わないやもしれませんが…」

「それがなんだと言うんです！　私はスペルビナの騎士です。一人であっても命を惜しまず、主との約束を果たす。それが誇り高き我々の務めです」

月明かりを弾いて光るオルランドの目に、迷いはない。大股に進む騎士に続き、ルスキニアもまた木々が茂る裏庭を横切った。

「オルランド様のお覚悟には、感服いたしました」

厩の扉を開いた男に、ルスキニアが深く頭を下げる。

「当然のことです。ルスキニア様は、どうかここに身を隠していて下さい。奥に私が世話をする鶏たちの小屋があります。鍵は私しか持っておりませんし、人も参りません。しばしここでご辛抱を…」

頑丈な石造りの建物は、厩だけでなく納屋や鶏たちの小屋も兼ねているらしい。明かりを手渡そうとしたオルランドに、ルスキニアは首を横に振った。

「いえ、私もご一緒いたします」

「無茶です。お一人で残られるのがご不安なのは分かりますが、御身になにかあっては…」

「私も、この身に代えてリリアーナ様をお守りするとお約束いたしました。…ですから、騎士殿ご自身の口から、未亡人の館の者に真実をお話し下さい」

静かに告げたルスキニアに、オルランドが瞬く。

「真実、とは？」

「リリアーナ様の持ち物に毒を仕込んだのは、騎士殿でいらっしゃいますね？」

尋ねる形を取ってはいるが、それは断定的な事実だ。

白々と注ぐ月明かりのなかで、オルランドがあんぐりと口を開く。見開かれた目が、ぬれた蠟《ろう》のように青白く輝いた。

「な…、なにをおっしゃっておいでです」

それは、全くの不意打ちだったのだろう。驚きよりも衝撃に、オルランドの声が掠れた。

「…まさか、そんな芝居を打てば、リリアーナ様が助かると？　本気でそのようにおっしゃって…」

「芝居ではありません。あの毒薬はあなたがリリアーナ様に持たせたものでしょう？　リリアーナ様が気づかないうちに」

暗い裏庭に響く声は、ルスキニア自身が意図した以上に落ち着いている。睫一つふるわせることなく、ルスキニアは暗がりに浮かぶ騎士を見た。

「な、何故、私がそのようなことを…！　私はリリアーナ様をお助けするためにこのイウサールに来たのですよ!?　物乞いの姿に身を窶《やつ》してまで！　その私が、どうしてリリアーナ様に黙って毒など…」

ここが裏庭でなければ、オルランドは声の限り叫んでいただろう。驚愕《きょうがく》に顔を歪めた男が、胸に手を当てて訴えた。

「確かに、あなたも驚かれたでしょう。あの毒薬は本来、リリアーナ様ではなく今は私の手元にあるはずだった」

「…ルスキニア様の…？」

眉をひそめるオルランドに、ルスキニアがヴェールの下で瞬く。

「あなたの目論見通り、リリアーナ様はそれとは知らず、毒と一緒に後宮の門をくぐられた。薬は形見と共に、リリアーナ様から私の手へと渡るはずでした」

リリアーナがこの国を目指したのは、偏《ひとえ》にルスキニアへと王妃の遺品を返すためだ。

どんな経緯かで、オルランドはイウサールへ向かおうとするリリアーナと出会った。年若いリリアーナが、プロスティブラのために故国からイウサールを目指そうなど狂気の沙汰だ。最初はオルランドも、リリアーナの野心を疑ったに違いない。だがリリアーナの純粋な決意の固さを悟り、彼女を手駒とすることを考えた。

苦境にあっても貴重な品を金に換えもせず、愚直にイウサールを目指したリリアーナが、今更遺品をルスキニアに渡すことを惜しむはずはない。故国の面影が残る小箱ごと、それは確実にルスキニアの手元へと届くと、そう確信して騎士はリリアーナを送り出したはずだ。

「まさか私が母の形見の一部を手放し、リリアーナ様に箱ごと贈るなどあなたは思ってもみなかった。違いますか」

モルガナ城を始め故国で散々食い物にされてきた第二王子が、手元に戻った遺品をリリアーナに譲った。ルスキニアの口から語られたその経緯は、オルランドには、予想外のものだったのだろう。無精髭の下で、精悍な口がわなわなとふるえるのが分かった。

「…王子、どうして私が、そんなことをする必要があるのです。大切な御身に毒を送ってなんになります」

「さあ。私の弱味を、握るためでしょうか」

オルランドがルスキニアに毒薬をよこした理由などは、言ってしまえば些末《さまつ》なことだ。

なにもオルランドは、ルスキニアによかれと思って毒薬を忍ばせたわけではない。言うまでもなく、意図はその逆だ。

「スペルビナの宮廷で、幾度となく目にした手段です。味方を装って政敵《せいてき》の手を汚職に染めさせ、抜き差しならなくさせる」

父王の寵愛に驕《おご》る家臣が、誰かの甘言に乗せられ、そうとは知らず王の利益を侵害する。その罪の証を元に政敵に脅され取り込まれる者たちを、故国では繰り返し見聞きしてきた。

弱味は、どんなにちいさなものであっても構わない。実際悪事を働いていなくとも、疑いがかかりさえすれば人の心は揺らぐのだ。

寵姫であるルスキニアは、従順を装いながらも王の命を狙っている。

そんな悪評が王の耳に吹き込まれた時、実際ルスキニアの手元から毒薬が出てきたらどうなるか。あるいは毒があったという事実を誰かに握られたら、どうなるか。

裏切りが事実無根だったとしても、そうだと証明するのは誰にとっても困難だ。

「実際私は、騎士殿と街でお会いしたにも拘わらず、それを王に告げられなかった」

ルスキニアにとって、それは最大の過《あやま》ちだ。

誰かを守るためのものであっても、隠し事は真実の輝きを鈍らせる。不審の種が一つ蒔《ま》かれれば、芽吹いた疑念は聡明なアルアクバル王の眼でさえ曇らせることができるだろう。

いや、曇らせるのではない。信頼を、失わせるのだ。

「故国の者と秘密裏に接触し、尚かつ後宮内に毒を所持している…。その事実をちらつかせれば、私であれリリアーナ様であれ、自由にできるとお考えになったのでしょう?」

「王に知られたくなければ、私に協力するようにと? 無茶な! 今の私をご覧下さい。薄汚れた鶏の世話係ですよ!? 後宮の真珠たるあなた様と密会したと、スペルビナの騎士であった私が誰に訴えて出られると言うのです。そんな話を信じる者などいるわけがない」

オルランドの訴えは、尤もだ。

ルスキニアの手元に毒薬があったとしても、それだけでは意味をなさない。ルスキニアを追い詰め強請《ゆすり》を成立させるためには、後宮の外に暮らすオルランド一人の力では不十分なのだ。

「協力者がおありなのでしょう。たとえば、上級大臣であるヤズィード様」

月明かりよりも涼しげな声が、暗い裏庭に落ちる。

意外な名を聞いたと言いたげに、は、とオルランドが歪な笑い声を吐き捨てた。

「どうあっても私を侮辱される気ですか。私は誇り高いスペルビナの騎士です。この国の獣どもと結託しているなどと、冗談でもおっしゃって頂きたくない」

言うまでもなく、全ては冗談などではない。歯を剝いた騎士を、ルスキニアはヴェール越しの視線で見返した。

「あなたはイウサールへの道中で、リリアーナ様とはぐれたとおっしゃいました。ですが正確には、はぐれたのではなく予《あらかじ》め計画した通り、上級大臣が抱える私兵に…あるいはあなた自身が所属する私兵団に、リリアーナ様を引き渡したのでしょう？　そうして自分との関わりを隠し、大臣の元へリリアーナ様が届くよう手配した」

オルランドがいかに腕に覚えのある騎士だとしても、一人でリリアーナを守りイウサールに辿り着くのは困難だ。オルランド自身、誰かから支援を受けていたのではないか。それがいつの時点で始まったかは、分からない。だがいずれにしてもオルランドの言葉通り、リリアーナとはぐれた後、彼女が偶然上級大臣の元に辿り着いたとは思えなかった。

「あなたはどんな経緯でか、スペルビナを出ようとしていたリリアーナ様と巡り会った。マレ卿が裁かれ、城を追われ、異腹の兄弟姉妹たちからも守られず、失意のなかにあったリリアーナ様は、既知《きち》の騎士であるあなたを信じた」

言葉にすると、きりきりと胸が痛む。

リリアーナがオルランドに出会ったのは、死より深い絶望の最中だったはずだ。

すでに母親はなく、唯一の庇護者であるべき父親も刑死した。異腹の兄弟姉妹たちは我先にと逃げ出したが、リリアーナには逃亡の手段などない。帰る場所も行くあてもなく、ここで死ぬくらいならイウサールを目指そう。そう決意した少女が、困窮のなかで見知った騎士と再会したらどうなるか。誠実な目をした男から力強い手を差し伸べられたら、誰でも天の助けだと思うだろう。

だからこそ、聡明なリリアーナでさえオルランドを信じた。そして王妃の形見を所持していること、それをルスキニアに届けようとしていることを吐露したのだ。

「リリアーナ様が王妃の遺品を持っていることを知っても、あなたはそれを奪わなかった。それどころかあの宝石箱を作って与え、リリアーナ様と共にイウサールを目指した」

高価な遺品を取り上げず、共にそれを守ってくれたオルランドにリリアーナの信頼は深まった。それが高じ、リリアーナと騎士が通じ合っている可能性を、考えなかったわけではない。

だがもしそうだとすれば、毒薬を発見された今、リリアーナが口を噤《つぐ》んでいる理由はないのだ。宝石箱はルスキニアから贈られたものだと、事実を王に訴え潔白を主張すればいい。またはあくまでも薬については秘匿する場合でも、なんらかの手段でルスキニアに接触を図り、罪を逃れようとするだろう。

「…ルスキニア様、あなたは本当にどうかしておいでだ。獣の元に嫁したせいでしょう。疑心暗鬼がすぎます。お願いですから、ここで大人しくしておいて下さい。リリアーナ様は、私が必ずお助けいたします」

深く息を絞ったオルランドが、鶏小屋を示す。馬を引き出そうとした男を、ルスキニアは腕を伸ばして引き留めた。

「あなたが事実をお話し下さる以外、リリアーナ様をお助けする手段はありません。騎士殿にも可能な限り、寛大な裁きが下るよう私も…」

私も、尽力させて頂きます。そう続けようとしたルスキニアの痩躯を、重い衝撃が撲った。

「俺に触るな！　プロスティブラ風情《ふぜい》がッ」

怒号が、夜に吸い込まれる。

撲たれた肩だけでなく、全身の骨に固い痛みが走った。

ルスキニアに摑まれた腕を、オルランドが力任せに振り払ったのだ。眦《まなじり》を吊り上げた騎士が、ルスキニアによって触れられた腕を外套で拭う。

「プロスティブラの分際で、いい気になるな！　寛大な裁きだ？　お前ごときが、俺に恩を売ろうなどと図々しい！」

吐き捨てたオルランドが、よろめいたルスキニアを蹴り上げる。今度は鈍い音を立てて腿を撲たれ、目の前で赤い光が爆ぜた。

「ッぐ、あ」

踏み固められた土に、膝が落ちる。間髪入れず腹を狙われ、ルスキニアは懸命に体を丸めた。

「が…」

サンダルを履いた騎士の足が、加減なく脇腹を蹴って肩を踏む。立ち上がろうとしたが許されず、乱暴な手がヴェールごとルスキニアの髪を摑んだ。

「っ、ア…」

「あんたが言った通りだぜ、王子様」

無精髭に覆われた容貌が、鼻先に迫る。ルスキニアに触れられた腕を尚も忌々しそうに見やり、オルランドが舌打ちを鳴らした。

「あんたの運命も小娘の命も、握っているのはこの俺だ」

憎悪に吊り上がった目が、月明かりを弾く。実直で生真面目《きまじめ》そうな騎士の面影は、すでにない。苛立ちを剝き出しにした男が、摑んだ髪ごとルスキニアを揺さぶった。

「…っ」

「折角この俺が、プロスティブラごときを一人前の王子として扱ってやったんだ。どうだ、気分がよかったか？　図に乗って高説なんぞ垂れようとするからこうなるんだ」

摑んでいた頭を、オルランドが乱暴に突き放す。身構えきれず土に転がったルスキニアを、骨張った足が蹴り上げた。

「ッ、が」

火花のように苛烈な痛みが、肉に食い込む。痛い。痛い。痛いがそれ以上に、苦痛そのものに対する恐怖が呼吸を早くする。それでも悲鳴をこらえたルスキニアが面白くなかったのか、オルランドがもう一度淡い金の髪を鷲摑《わしづか》んだ。

「…い、ぁ」

「心配するな。あんたは、生かしておいてやる。獣の雌になった王子様には、利用価値があるからな」

無造作に頭を持ち上げられ、頭皮がぎりぎりと引きつれる。乱れたヴェールが肩に落ち、白いルスキニアの容貌が露わになった。

「嬉しいだろう? 汚らわしいプロスティブラが、誇り高い騎士である俺と故国の役に立てるんだ」

身を打ち据える罵声《ばせい》は、よく知ったものだ。

今更屈辱も驚きも感じはしない。石の塔で暮らしていた頃と同じ、冴《さ》え冴《ざ》えとした冷たさが胸を覆った。

「ぁ…、リリアーナ様は、どう、するおつもりで…」

喘ぎ、絞り出したルスキニアに男が笑う。

「あの化け物の王か、愚かな大臣あたりが処理してくれるだろう。糞《くそ》生意気な小娘め。必ずあんたに遺品を届けると息巻いていたくせに、満足に役目一つ果たせないとは」

それどころか、あいつのしくじりのせいで、俺までヤズィードに追われかねん。

そう舌打ちするオルランドからは、リリアーナのために流した涙の痕跡など欠片も見つけられない。

そんなこと、分かりきっていたことだ。特別な感慨の一つとなく、ルスキニアは摑まれた頭を振ろうとした。

「守る、と…、約束されたのでしょう…、マレ卿に、ご息女たちを…」

「あんな奴《やつ》らなど、守るに値するか。莫迦な獣と手を組んだ挙げ句むざむざと殺されるなど、マレ卿の愚かさには心底うんざりさせられた」

むしろ、と言葉を継いだオルランドが、ルスキニアの鼻先へと顔を突き出す。

「むしろ王子は喜ぶべきだろう？　お前を苦しめたマレ卿も娘たちも、皆奴らに相応しい最期を迎えたんだからな」

なにかを思い出すように、オルランドがにたにたと笑う。明かりが揺れる動きに併せ、男の容貌に落ちる影が波打った。

「あの娘たちも、高貴なスペルビナ貴族の血を引きながら、お前を迎えたイウサールの祝賀の規模が伝わった途端、獣に嫁いだお前を羨ましいと抜かしやがった。大国の王の寵姫になって贅沢三昧《ざんまい》可愛《かわい》がられるのは、プロスティブラではなく自分たちこそが相応しかったのに、と」

獣を相手に、なんと恥知らずな。

口汚く批判したオルランドに、ルスキニアは奥歯を噛み締めた。

「っあ…、リリアーナ様は、そうは…、おっしゃらなかったはずです…」

オルランドはマレ卿の娘たちを一括《ひとくく》りに責めるが、しかしリリアーナがそれに同調したとは思えない。そんな少女をも、オルランドは都合よく利用し見捨てようというのだ。

「あんな下女同然の小娘を、どうしてそこまで気にかける」

なんの利益も生まない、無価値な娘だ。そんな者のために、何故危険を冒してまで後宮を飛び出して来たのか。

ルスキニアの行いがまるで理解できないという目で、オルランドが瞬く。

言われるまでもなく、寵姫が後宮から抜け出すのは許されがたい大罪だ。それも同郷の娘のためとなれば、言い訳のしようもない。

そうと分かっていて、ルスキニアはここに来た。そうする以外、手段がないと思ったからだ。

「指輪以上に価値のあるものを、あの娘から受け取ったか？」

歯を見せて笑うオルランドに、唇を噛む。

リリアーナを救いたいと思う気持ちは、勿論あった。

未亡人の館に移された彼女は、この瞬間にも首を刎ねられるかもしれない。幸運にも今夜を生きてやりすごせたとしても、リリアーナの口を塞ぎたいと願う者は多いのだ。目の前の騎士は勿論、上級大臣であるヤズィードもまた、リリアーナを生かしておく気はないだろう。

ヤズィードの立場からすれば、自分が後宮へと献上した娘が毒を隠し持っていたことが露見したのだ。ヤズィード自身の首も、即座に飛びかねない。リリアーナが捕らえられたと知れば、自らを守るために大臣は少女の首を王に差し出そうとするはずだ。

薄汚い他者の罪を、リリアーナの命で贖わせてはいけない。

だがそれ以上に、アルアクバルにそれを看過させてはいけないのだ。

戦場で、そして政務の場で、アルアクバルは多くの首を刎ねてきた。死者の血で白銀だった被毛が染まり、いつしか黒へと色を変えるほど。そうやって流された血の夥しさを、アルアクバルが喜んだことは一度だってないだろう。

男は、血に狂う王ではない。

むしろ無益のうちに流される血は、王を損なわせた。

アルアクバルは、一滴の血の重さを知る王だ。命を奪う側の重責こそを、身に刻んでいる。

そんな男に、罪のない少女の首を刎ねさせていいわけがない。

アルアクバル自身が、手を下さなくても同じだ。オルランドにしろ上級大臣にしろ、誰かの思惑でリリアーナが命を落とせば、アルアクバルはそれを些末なこととは笑えないだろう。

「王に…、あの方を殺させるわけには…」

「ほざいていろ。どうせ小娘は死ぬ。上級大臣も、上手くいけば獣の王が首を刎ねて始末してくれるだろうさ」

唾を吐き捨てた騎士が、厩へとルスキニアを引き摺る。

「ッあ…」

「喜べ。お前を動物どもの巣に帰してやる。そのよく回る口で上手に言い訳をして、尻尾のある王を喜ばせてやるんだな。お前に夢中な王様は、お前が強請ればどんなことでも首を縦に振ってくれるんだろう？　これからは、それが俺の望みとは知らずにな」

騒ぎになる前に戻れば、後宮からルスキニアが消えた事実を隠蔽できる。

自分の手駒として後宮に帰れ、と。そして自分が命じられるまま王を操れと、オルランドはそう言うのだ。

「そんな、こと…！　王に、意見など…、王は、誰かの言いなりになる方では…」

「嫌なら、ここで死ね。俺は逃げて、どこかで次の機会を待つだけだ」

馬を用意していたのは、そのためだろう。

リリアーナが捕まった今、オルランドもまた安穏としてはいられない。ヤズィード大臣からの報復も予想される以上、一旦どこかに身を隠すつもりなのだ。

「どうせ今回の一件は、マレ卿の娘が父親の復讐を試みた結果だとして、首を斬られて終《しま》いだろう。ほとぼりが冷めたら、知らせを送る。あんたがこうして城外に出るか、鳥を使うか…。まあ、方法はいくらでもある」

「…っ、あ、思い通りには…」

身をもがかせ、立ち上がろうとするルスキニアに騎士が肩を揺らした。

「上手くいかなければ、その時はプロスティブラ一人が死ぬだけだ。俺を売って、自分だけ助かろうなんて思うなよ。今夜ここで俺と逢い引きしたことが王様に知られれば、いくら床上手な寵姫様でも袋に詰めて海に捨てられちまう」

厩の柱に明かりをかけたオルランドが、ルスキニアの肩からヴェールを毟る。乱暴に掴んで引き回されたヴェールには、無残にちぎれた月光色の髪が幾筋も絡んでいた。

このイウサールに、ルスキニアのような髪の色をした者は少ない。また派手さはないものの、丁寧な刺繍で飾られたヴェールは、王城に納入を許された数少ない職人の手による品だ。

「返…」

「このヴェール以外にも、お前の王への裏切りの証はちゃんとある。莫迦な小娘が、うっかり見つけられた毒薬だけじゃなくな」

引き毟られたルスキニアの髪ごと、オルランドがヴェールを懐にしまう。取り縋ろうと上体を起こしたルスキニアを、男がもう一度蹴り倒した。

「うあッ、ぐ…」

踏み固められた厩の土間は、石畳と変わりない。ごつりと骨が硬い音を立て、ルスキニアは声も上げられずに呻いた。

「下等なこの国には、笑えるほど似合いな末路だと思わないか？　図々しくも人間の形をした獣が、薄汚いプロスティブラの操り人形になるんだからな！　お前も誇らしいだろう？　初めて故国の役に立てて」

青褪めたルスキニアの頬骨を、高揚に歪んだ声が舐める。深く屈んだ騎士が、華奢な顎を摑んだ。

「…放…」

「これが、プロスティブラの目か…」

泥のなかの宝石に気づきでもしたように、オルランドが唸る。

ヴェールを剝ぎ取られたルスキニアは、その瞳を隠すことができない。白々と月明かりに浮かぶ顔貌を、不躾《ぶしつけ》な視線が見下ろした。

「確かに悪魔と同じ、吸い込まれそうな目をしているな」

土間へと膝を折った騎士が、ルスキニアの足首を摑む。乱れた外套ごと長衣を捲られ、尖った声がもれた。

「な…！」

「野蛮な獣に好きにされて、さぞお辛かったことでしょう、王子。私が、なぐさめて差し上げます」

芝居がかった慇懃《いんぎん》さで、オルランドが剥き出しにした臑をするりと撫でる。途端に吐き気が込み上げて、ルスキニアは膝をもがかせた。

「ッ、あ！　恥を知れ…！」

「ご立派ですよ王子様。これだけ撲たれても、まだ泣かずに頑張れるなんて。顔に似合わず強情だと褒めて差し上げたいですが、大人しくしているのがお互いのためです」

できれば顔は、殴りたくないんでね。

低くなったオルランドの声に、ぞくりと背筋が冷える。それだけでなく、内腿へと這い上がった手に奥歯が鳴った。

「すげえな…、なんだ、この肌…。こうやわらかいのは、女でもなかなかいない」

尻臀にまで手を伸ばしたオルランドが、思わずといった様子で息をもらす。肌理《きめ》を確かめるように掌を這わせると、吸いつくような感触がたまらないのだろう。ぎゅぅっと尻臀を握った男が、先を焦るように自分の着衣をくつろげた。

「下賤なプロスティブラも、寝台ではこの上なく美味《びみ》な蜜だと言うが、こいつは確かに…」

恍惚《こうこつ》ともらされた声が、半ばで途切れる。

信じられないものを見る目で、オルランドが動きを止めた。

「…な…」

肉を裂く感触を伴って、騎士の鎖骨近くに硝子が食い込む。

ルスキニアが握った、硝子片だ。外套の下に隠し持っていた鋭い切っ先を、ルスキニアは力任せにオルランドへと叩きつけた。

「こい、つ…ッ！」

驚き目を見開いたオルランドが、次の瞬間、大声で吠《ほ》える。

振り回した腕で加減なく顔を張られ、勢いを殺せないまま土の床に肩から落ちた。

「っが…」

「ふざけやがって…ッ！　貴様！　こんなもので、なにができると…」

布が巻かれた硝子は、小刀《こがたな》ほどの大きさしかない。首か腿を狙って突き立てない限り致命傷になり得ないことは、ルスキニアも知っていた。

「騎士殿が…、おっしゃった、通りです」

撲たれて切れた唇から、鉄の味が滲む。視界が狭まり、がんがんと体中で痛みが跳ね回った。蹴られた場所だけでなく、どこもかしこも火のように熱く痛む。それでも胸の内側は、氷塊を飲んだように冷えきっていた。

「なにがだ！」

肩口へと埋まった硝子を、オルランドが怒りのままに引き抜く。ざっくりと切れた傷口から、赤い血が噴き出した。

「私を罠にはめるため…、あなたがリリアーナ様に持ち込ませた毒は、宝石箱に仕込まれたものだけではなかったのでしょう？」

怒りで煮えた頭には、ルスキニアの言葉などすぐには届かなかったのか。

それでも怒りに吊り上がった双眸が、次第にぎりぎりと限界まで見開かれた。

「な…！」

「カリダの紋章が刻まれた指輪にも、あなたは毒を仕込んだ」

貴重な母親の形見を、ルスキニアが惜しまずリリアーナに与えたことは、騎士にとって予想外の出来事だっただろう。だがそれ以上に、後宮を警護する宦官たちが宝石箱から毒薬を見つけたことこそが、驚きだったのではないか。

スペルビナの職人の手による細工箱は、巧妙だ。後にルスキニアが小箱だけを手放しても、次の所有者がそこから薬瓶を発見することはまずないと、そう考えていたのだろう。

アルアクバルの寵姫となったルスキニアが、いかに郷愁《きょうしゅう》を誘うとはいえ木製の小箱ごときを手元に置き続ける保証はない。毒の瓶を抱いた宝石箱がいずれはルスキニアの手元を離れるだろうことは、オルランドにも予想できたはずだ。

そのルスキニアが、必ず手元に残すもの。自分なら、形見そのものに毒を仕込むだろう。

予想した通り、母の形見を暴くと見覚えのある仕掛けがあった。

「貴様、まさ、か…」

驚愕を映したまま、オルランドが自分の血で汚れた硝子片を見下ろす。

持ち手となる場所を布で包まれた硝子は、オルランドの血でべっとりとぬれていた。

「安心して下さい。死にはしません。…少なくとも、すぐには」

騎士が、想像した通りだ。

見つけ出した毒を、ルスキニアは割った硝子に塗り持ち出した。だがそれは、オルランドを殺すためではない。

リリアーナの身の潔白を示すためには、オルランドを生かして喋らせる必要があった。無論、素直に男が未亡人の館へ同行するとは思えない。リリアーナが捕らえられたと伝われば、オルランドは即座に姿を消すだろう。そうなる前に、騎士を足止めしなければ。

リリアーナが所持していた薬は、かつてルスキニアが手にしたものと同種であるとセヘルは言っていた。それであれば、調整次第で荒事に慣れない自分の腕にも役立つのではないか。

思い定めれば、実行は早かった。

「この…ッ、プロスティブラの分際で…ッ！」

見る間に、騎士の顔から血の気が失せ始める。呼吸を求め、オルランドが喉元を掻いた。

だがそれ以上に、怒りが勝《まさ》るのだろう。首に太い血管を浮き立たせた男が、大声を上げてルスキニアに摑みかかった。その手から逃れようと、ルスキニアが固い土間でもがく。露わになった白い足を、乱暴な手が摑んだ。

「ぁ、放…！」

「逃がすか！　このプロスティブラがッ」

獣のような咆吼と共に、騎士が握った硝子片を振りかぶる。腹を守ろうと、考えるより先に体が丸まった。振り下ろされる切っ先の鋭さが、奇妙なほどはっきりと目に映る。

「っあ…」

抉られる。右目を。

そう思った時、鈍い音が耳に届いた。

「ぐが…っ」

濁った声が、頭上で爆ぜる。

ルスキニア自身の声ではない。大きく口を開いた、オルランドの声だ。

「ッ…」

一瞬の静寂に、胃の腑が冷える。

いやその悪寒は、静けさのせいではなかった。

影だ。

夜の直中《ただなか》にあって、闇よりも深く暗いもの。

爛々と光る黄金色の眼を持つ影が、そこにあった。

「あ…」

王、と。声に出して、呼びかけたつもりだ。だが音にできたかは、分からない。

愕然と目を見開いたオルランドもまた、ぎこちない動きで振り返る。その時、騎士は気づいたはずだ。自分の後頭部や首筋から吹き出すものが、冷たい汗だけでないことに。

「う、あ…、な…」

状況を理解しきれず、立ち上がろうとしたのかもしれない。がたがたと体を揺らしたオルランドが、背後に立つ影と自分の手を汚すものを交互に見た。

その悲鳴が掠れたのは、ぼたぼたと流れた血のせいか。あるいは魂まで焼きつくす、漆黒の焔のせいか。煌々《こうこう》と輝く月の光を遮るように、闇を煮詰めたような影が動いた。

「助、け…」

もらされようとした騎士の懇願は、最後まで声になることはなかった。

音もなく大地を踏んだアルアクバルが、無造作に腕を振り上げる。

人間の腕だ。同時にそれは、獣の腕でもあった。

ごつごつと発達した筋肉は、さながら鋼だ。これに比べてしまえば、処刑人が握る半月刀など余程穏当に映る。夜を裂くように広げられた五指には、鈍色《にびいろ》の爪が鋭く伸びていた。

なんて、恐ろしい。

そしてなんと、うつくしい。

冷たい月明かりに、灰色の髪が浮かぶ。それは叢雲を思わせる被毛のようにも、炎のような鬣《たてがみ》のようにも見えた。

神たる、獣。

肉を裂く牙と、骨を断つ顎を持つ凶猛の王。

迷いなく振り下ろされたアルアクバルの腕が、騎士を横《よこ》薙《な》ぎに払った。

「ぎゃァァ」

絶叫が、耳を劈《つんざ》く。およそ、人間が出せる声とは思えない。それこそが、獣の声だ。恐怖と激痛、驚愕の全てを煮詰めた悲鳴が、長く大きく轟いた。

厩に繋がれた馬たちが、動揺して蹄《ひづめ》を鳴らす。びちゃ、と濁った音を立てて、ルスキニアの肘先にまで飛沫《しぶき》が飛んだ。

ちぎれたオルランドの体から、あふれた血だ。

ルスキニア自身の悲鳴は、喉の奥で凍りついてこぼれない。ごぎ、と骨をへし折る音が、鈍く響いた。途端、激痛に騎士の絶叫が高くなる。まだ命があるのだと、そう思うとその無慈悲さにこそふるえが湧いた。

アルアクバルは、血に飢えた王ではない。

だが、血が流れることを怖れもしない。

「あ…」

黄金色の眼が、夜に光る。見上げるルスキニアは、声を上げることも身動ぎもできない。断末魔の叫びを、骨と肉を叩きつける重い音が覆う。

終わりのない夜に、咆吼が長く歪な爪痕を刻んだ。

ふと、意識が浮かび上がる。

束の間、自分が眠っていたことに気づき、ルスキニアははっと瞼を押し上げた。

「どうぞ、そのままで。すぐに終わりますから」

落ち着いたセヘルの声に、ここがどこかを思い出す。

黄金の扉を持つ、後宮の居室だ。

考えた途端、くらりと体の芯が揺れる。眠気というより、疲労のせいだろう。だがもう一度意識が途切れる前に、鈍い痛みが走った。

「っ…」

「すみません。染みましたか」

気遣ったセヘルが、薬を塗布する手を止める。

「大丈夫、です…」

湯浴みを終えた肌に、無残な痣が浮いていた。オルランドに蹴られ、固い土間を引き摺られた傷だ。血の色が滲む傷口に、セヘルが一つ一つ軟膏を塗ってくれていた。

「大丈夫なものですか。全く、あなたという方は…」

苦い小言が、セヘルの唇から切りもなくこぼれる。当然のことだ。

夜は、まだ明けていない。ルスキニアが後宮に戻ったのは、月が一番高い位置をすぎた頃だった。兵士たちと共に屋敷を取り囲んだセヘルにより、連れ帰られたのだ。

「あのような無茶をして…」

繰り返されるセヘルの小言は、わずかにふるえている。

厩に倒れたルスキニアを抱き上げたのは、アルアクバルだ。血がしたたる腕のまま、しっかりと胸に抱いて運ばれた。それを覗き込んだセヘルの顔が、安堵と悔恨に歪んでいたことを覚えている。

後宮を抜け出す際、ルスキニアが残したのは責任が自身にのみあることを示す手紙だけではない。

リリアーナが、オルランドという騎士崩れに連れられてイウサールに辿り着いたこと。このオルランドが、リリアーナの小箱に毒瓶を仕込んだと思《おぼ》しきこと。そう考える理由の一つとして、ルスキニアが受け取った形見にも毒が隠されていたこと。リリアーナは利用されたにすぎず、だからこそその証にルスキニアの不利とならないよう沈黙を貫いていること。そして全てを知るだろうオルランドを逃がさないため、急ぎ辻にある住処《すみか》に向かうこと。それらを書き綴った手紙を、形見の指輪と共に置いて出た。

「すみません…。あなたを、信じていなかったわけではないのです」

事情を話してほしかった、と。そうすれば、なにか力になれたはずだ。打ち明けるに足らなかった我が身こそが呪わしいと、前宰相に関する一件の際もセヘルはそう言ってくれた。

確かに毒が仕込まれた形見の指輪を見せても、セヘルはそれをルスキニアの裏切りの証とは考えなかっただろう。だがルスキニア自身の潔白は信じてくれたとしても、それ以外はどうか。リリアーナに対する嫌疑《けんぎ》は、深まったかもしれない。

それも含め、自分を頼りにしてほしかったと言われればその通りだ。何度目かの謝罪を繰り返したルスキニアに、セヘルが首を横に振る。

「分かっております。むしろあなたは、手紙を受け取れば私が必ずあの住処を見つけ、追ってくると信じて下さっていた」

そのためにあなたは、侍女に香炉を用意させた。燃えつきた香を取り替える際、侍女があなたの不在に気づき、手紙を見つけられるように。

そう溜め息を吐いたセヘルが、軟膏を指に取る。

「香が燃えつきる時刻は、おおよそ分かっていますからね。そうすればいつ騒ぎになり、どれほどで我々が到着するか、見通すことができる」

「…実際は、私が考えていたより早くに駆けつけて下さったように思います」

未亡人の館にいると聞かされていた王こそが、真っ先に飛び込んできてくれた。

思い返すと、再びくらりと頭の芯が揺れる心地がする。まるで、雲を踏んでいるかのようだ。

今夜はあまりにも多くのことが起こりすぎて、気持ちも体も追いついていない。深く息を吸おうとして、ルスキニアははっと目を見開いた。

「おいででしたか、王」

優雅に立ち上がったセヘルが、その名を呼ぶ。

いつから、そこにいたのか。開かれた黄金の扉の前に、黒々とした影が落ちていた。

「あ…」

弾かれたように立ち上がろうとしたルスキニアを、王が制する。

「様子を見に立ち寄っただけだ。楽にしていろ」

平坦に告げるアルアクバルの声は、平素となんら変わりがない。

今夜あんなことがあったなど、悪い夢ではないのか。ふと、そんな考えが頭を過る。だがすぐに、飼い葉とそれを覆う血の匂いが鼻腔に蘇った。

「…っ」

ぶる、とふるえてしまった睫を、男の視線が辿るのが分かる。

あんな声を、間近に聞いたのだ。あんな、死にゆく者の絶叫を。そしてその全ては、アルアクバルの拳によってもたらされた。

恐ろしく、ないわけがない。だがそれと同時に、流された血がオルランド一人のものであったことに、安堵もしていた。

「もう休め。俺はまだ内廷に仕事を残している」

今夜は内廷ですごす。そう告げ踵《きびす》を返そうとしたアルアクバルを追い、気がつけばルスキニアは立ち上がっていた。

「お待ち下さい、王」

もつれそうな足で駆け寄り、王の足元へと膝を折る。

取り縋るのではなく、跪《ひざまず》くのか。驚きに、セヘルが息を呑むのが分かった。それを振り返ることもせず、ルスキニアが深く額ずく。

「謹んで、王にご進言いたします」

土間に打ちつけ、小石によって裂かれた傷口が熱く痛んだ。構うことなく、絹の絨毯に両手をつく。

アルアクバルもまた、ルスキニアが平伏するとは思っていなかったのだろう。床に流れた長い髪を、黄金色の双眸が見下ろした。

「お前の客人の処遇に関してか」

客人とは、言うまでもなくリリアーナのことだ。移された未亡人の館で、袋に詰められ海に投げられたりはしなかったのだ。

毒薬を持ち込んだのが、リリアーナ一人の企てとは思えない。そう疑念を口にした通り、アルアクバルはリリアーナの首を刎ねるためではなく、証人とするために未亡人の館へと隔離していた。今も警護の者に守られ、リリアーナはそこにいると聞いている。

「いえ、リリアーナ様の件ではございません」

きっぱりと首を横に振ると、感情の読めないアルアクバルの双眸がわずかに見開かれた。

「あの娘に関すること以外で、お前がなにを俺に具申《ぐしん》する」

「ジタールの知事様の処遇について、私なりに愚考いたしました」

ルスキニアの言葉は、王だけでなくセヘルにとっても驚きだったのだろう。政務に拘わる話題に加わることは、これまでルスキニアが避け続けてきたことだ。

「知事の？」

「はい。先の一件に関し、現知事であるカシム様の責任を強く問うべきとお考えの方も多いと聞きます。ですが私は斬首にも罷免《ひめん》にもせず、カシム様にこのまま知事の職をお務め頂くべきと存じます」

淀《よど》みなく告げたルスキニアにも、アルアクバルの表情は変わらない。言葉を遮られなかったことを許可と理解し、ルスキニアは薄い唇を湿らせた。

「知事様は大変高潔で、王に忠実なお人柄であると伝わっています。確かにアルアクバル様への取りなしを期待し、私に贈り物を下さる方が多いなか、カシム知事様からのそうした依頼はあの一件以降も、今日まで一切ございません。今の職に就かれて半年。当初は派閥の後ろ盾を持たないカシム様を傀儡《かいらい》とするための人事であったようですが、カシム様は汚職を嫌い組織の再編にも力を入れられた。それに危機感を持った者たちが、今回の凶行に及んだのではないかと存じます」

前任者の知事は、先の宰相とも深い関わりを持っていた。カシムも前任者と同じく、名目だけの知事となることを期待されていたのだろう。だが大火後の復興を皮切りに、カシムは行政組織の再編にも取り組み始めた。

このままでは自分たちの利益が減るだけでなく、前宰相を支持し汚職に手を染めていたことまで露見し処罰されるのではないか。そう考えた者たちが、視察に出向いたアルアクバルの身を脅かした。

「経緯はどうであれ、王への凶行を食い止められなかったのはカシム様の失態。処罰を科す必要があるとお考えならば、それは謹慎程度に留められるべきでしょう。首まで斬ることは、王の利益を失すると存じます」

知事の進退に口を挟むだけでなく、量刑にまで踏み込んだルスキニアにセヘルが目を瞬かせる。ちら、とセヘルから送られた視線の先で、アルアクバルが眉一筋動かすことなく顎を引いた。

「他には、なにかあるか」

揺るぎない声の響きは、まさに施政者のそれだ。指先が氷のように冷えるのを感じながら、ルスキニアは息を啜《すす》り上げた。

「恐れながら、ヤズィード上級大臣に関しても具申いたします」

リリアーナが、どういった経緯で後宮に毒薬を持ち込んだのか。オルランドが誰と手を組み、どんな策略を企てていたのか、それはすでに、王の耳にも届けられている。

「ヤズィード大臣は宮内学院とも関わりが深く、先王の頃より国と王に仕える立場でおいでです。影響力も大きく、アルアクバル王がこの国の基盤を再建されている今、お力を頼りにされたい部分も大きいでしょう」

「恩を売って、利用せよと？」

全てはオルランド一人の計画であり、上級大臣が直接関わった問題ではない。だからこそ、いくらかの謹慎と喜捨を課して、手打ちとする。そんな恩情をかけ、ヤズィードを取り込めと言うのか。短く問われて、ルスキニアは首を横に振った。

「これを機に、ヤズィード様にはご退場願うべきかと存じます」

即ち、それは罷免どころかそれ以上を意味する。

ヤズィードは主要な地域の知事を務めた経験もあり、人脈も広い。宮内学院の派閥の一つでは、神のように降臨してもいる。その大臣の首を斬れと、そう言うのだ。

ルスキニアの傍で、セヘルが声もなく目を瞠る。それは、ルスキニアの冷徹さに対するものではない。ヤズィードの処遇に言及したことに、典医がただただ驚きを示していた。

「今夜の一件について、おそらく大臣は全てスペルビナの騎士であったオルランドの画策であり、ご自身は与《あずか》り知らなかったと主張されるでしょう。リリアーナ様を私に引き合わせたことに関しても、軽率な行動ではあったが寵姫である私を喜ばせようとしただけであり、ご自身の非は騙された愚か者であった、その一点のみなのだと」

「それは真実ではないと？」

怒りも疑念も差し挟まない王の問いに、ルスキニアが静かに瞬く。

「愚かであること以外にも、事実はあるでしょう。…此度《こたび》のことを、ヤズィード大臣よりオルランドに持ちかけたとは思いません。オルランド自身は、大臣がリリアーナ様の後見人となったことで一蓮《いちれん》托生《たくしょう》、ヤズィード様の弱味を握ったと考えていたはず。ですが老獪《ろうかい》なヤズィード大臣が、その程度のことで諾々《だくだく》とオルランドの言いなりになったとは思えません」

王の歓心を買いたいと考えていたヤズィード大臣に、リリアーナを餌としてオルランドから近づいたのは確かだろう。イウサールを獣の国と見下すオルランドは、ヤズィード大臣を狡賢《ずるがしこ》く信用に足らないものの、御せない相手ではないと見ていたはずだ。

だが、実際はどうか。

全てを見越した上で、ヤズィード大臣にこそ若い騎士を利用してやろうという悪心があったなら、愚かな被害者とは言いがたい。

「絵を描いたのはオルランドでも、最終的にはヤズィードがそれを呑み込む算段だったと見るか」

アルアクバルの双眸に、驚きは滲まない。王自身、それに近い推測を巡らせていたのではないか。

額ずいたまま、ルスキニアは長い睫を伏せた。

「ヤズィード大臣の実績や影響力を思えば、今回の件を不問に付すのも一つの手段ではあるとは存じます。しかしだからこそ、ヤズィード様に国政を預かる者としての忠信が足りていないのであれば、権力の座に残すのは遠からず王と民の障りとなるでしょう」

　他の上級大臣に対してならいざしらず、大きな力を持つヤズィードの罷免に言及する者などまずいない。それを声一つふるわせることなく言葉にしたルスキニアに、セヘルが思わずといった様子で笑みを浮かべた。

　これ以上、ルスキニアの側に残る必要はないと考えたのか。恭しく頭を下げたセヘルが、音もなく部屋を辞した。

「客人の処遇について、言いたいことはあるか」

　静かな声で問われ、ルスキニアが初めて言葉に窮する。

　それでも二度三度瞬き、ルスキニアは深く息を吸った。

「私心を排して、申し上げます。リリアーナ様には私、ルスキニアの身柄になんの不安もないことをお伝えした上で、知り得る限りの事情を伺うべきと存じます。その後は未亡人の館に留め置くか、あるいはゆかりのある神の家にお預けになるのがよろしいかと考えます」

　リリアーナ自身は、スペルビナへの帰郷を望むかもしれない。だが今回の一件に深く関わってしまった以上、少なくともすぐにそれを許すことはできないだろう。

「後宮には戻さずにか」

「大臣などの後ろ盾を持つ妃は、どうしても争いの種となり得ます。特に、今のような時期には。お話をお持ち下さったのがヤズィード大臣であった時点で、リリアーナ様であろうと他のどなたであろうと、後宮にお入れすべきではありませんでした」

お許し下さい、と続けた言葉が、細く掠れる。初めて声をふるわせたルスキニアに、アルアクバルが眉間を歪めた。

「なにを謝る」

「…王は、最初から私にお尋ね下さいました。お前は、どう考えるか、と」

一度ではない。何度も、アルアクバルはそう尋ねてくれた。

故国では、誰も尋ねようとしなかったものだ。それを、アルアクバルだけが根気強く求めてくれた。

「お応えする機会は、いくらでもありました。私に、その勇気がなかっただけで」

勇気。

その通りだ。

これまでルスキニアが生きてきた世界において、意見を求められたとしてもそれにルスキニア自身の言葉で応えることは最悪の選択だった。どんな嵐のなかでも、耳を欹《そばだ》て目を凝らさなければいけない。だが口は固く閉ざし、悲鳴すらもらしてはいけなかった。

常に死の淵を見下ろしながら生きてきたルスキニアが、身を守るために選べた術は少ない。沈黙だけを唯一の鎧としてきたが、それこそが誤りだった。

ここは、スペルビナの宮廷ではない。イウサールの、アルアクバルの後宮だ。

アルアクバルがなにかを求めてくれるなら、自分は全てを差し出そうと決めたのではないか。それにも拘わらず、自分は唯一知る術に頼って自らを守ろうとした。

そう、守ろうとしたのだ。アルアクバルを、ではなく、結局は自分自身を、ルスキニアは守ってきた。

「王のお役に立ちたいと、そう願って参りました。あなたの利益となるのなら、どのようなことでもさせて頂きたい。子をなすために娶ったわけではないと、そうおっしゃって下さいましたが、それでも、もし、私に子がなせるのなら…」

どんなことをしても、産ませて頂きたい。

苦い薬を日に何度飲もうと、甘い氷が二度と口にできなくとも、それこそこの身と引き換えにしたとしても構わなかった。王のために投げ出せるものがあるのなら、惜しむ気はない。そう覚悟を決めたはずなのに、実際は肝心な王の気持ちには何一つ応えられていなかったのだ。

「私の考えなど、取るに足らないものです。私の言葉を聞き、王がご自身のお考えを変えるとも思っておりません。それでももし、啼けとおっしゃって下さるなら、私の持てる限りの…」

持てる限りの知識と力を注いで、言葉をつくしたい。

そう続けようとしたルスキニアの腕を、強い力が摑む。

思い上がるなと、突き放されるのか。絶望に塞がった胸が、硬い体にぶつかった。

「お前のどこに非がある！」

怒声が、頭上で轟く。

まるで、落雷だ。いや、咆吼か。逞しい腕で体を引き上げられ、鼻先に燃えるような黄金の双眸が迫った。

「責められるべきは、俺だろう！　つまらん嫉妬をしてお前を追い詰め、危険に晒したこの俺だ」

怒鳴り声は、どこまでも苦い。

思いがけないその響きに、ルスキニアが息を詰める。大きく見開かれた青と銀の目に、自分の形相を悟ったのだろう。

だがそれに対する悔恨より、怒りが勝ったのか。無論それは、アルアクバル自身に対する憤怒だ。ぎ、と犬歯を剝き出しにした男が、ルスキニアの痩軀を更に強く引き寄せる。

「王…」

アルアクバルを責める理由など、一つもない。

王はいつでも、ルスキニアのために心を砕いてくれた。そのアルアクバルが求めてくれた数少ないものを、返せなかったのは自分だ。挙げ句、街でオルランドと出会ったことも告白できないまま、手紙だけを残して後宮を飛び出した。

王は今夜、ルスキニアを捨て置くこともできたはずだ。だが、駆けつけてくれた。血を流すことも厭わず、駆けつけてくれたのだ。感謝の気持ち以外に、なにがある。そう訴えようとした唇から、声がこぼれた。

「嫉、妬…」

ルスキニア自身、意図しないままもれた言葉に、瞬く。

そうだ。先程も、王は同じ言葉を口にした。

茫然と音にしたルスキニアに、アルアクバルが一層深い皺を鼻面に刻む。がるる、と、獣の唸りそのもの声が聞こえた気がした。

「…その通りだ。真っ直ぐな目でお前を見るあの娘に」

「私も、いたしました」

重ねた呟きに、今度は王が眼を剝く。疑り深さを隠さず寄せられた眉間の形に、こんな時でさえ雄臭い官能が滲んだ。

「私も、リリアーナ様に嫉妬、いたしました」

繰り返すと、その感情がじわりと喉元を引っ掻く。いや、それが嫉妬であったのだと、その実感こそが動揺と共に胸を侵した。

「…お前が？」

低い唸りは、やはり疑念に満ち満ちている。毛が、逆立っているのか。いつもより厚みを増して見える耳が、ぐ、と後ろに引きつけられていた。

「利発で眩くて、誰からも愛されて然《しか》るべき彼女に、私は嫉妬心を抱きました」

誰からも。それこそ、アルアクバルからも。

きっとリリアーナと共にすごせば、侍女たちは皆彼女を好きになるだろう。プロスティブラのために困難な道を踏破し、それをひけらかしもしない高潔な魂の持ち主だ。さっぱりと魅力的に笑うリリアーナは、聡明さも愛らしさも妃として申し分なかった。ヤズィード大臣によって送り込まれたのでなければ、彼女を後宮に迎えるのはアルアクバルにとって大きな利益となったはずだ。

「ですが、どうか信じて下さい。今の言葉に、そうした私心は決して差し挟んではおりません。これからも、そうしないとお約束いたします。王が必要として下さるなら、真実、王と民の利益に適うよう言葉をつくさせて頂きます」

もし、と言葉を切り、ルスキニアが細い息を啜り上げた。

「もし、それがご不要となったり、お気に障るものであった時は、どうかいつでも私の首をお斬り下さい」

アルアクバルは、耳障りのよい賛辞のみを欲してはいまい。忖度《そんたく》のない、ルスキニア自身の言葉を求められるなら、それは時に王の考えに反することもあるだろう。そもそもプロスティブラが口を開くこと自体、不興の種となる行為だ。

可能な限り誠実に、謳《うた》おう。だがもし啼き声が気に入らなければ、その時は王自身の手で縊《くび》り殺してほしい。覚悟は、できている。アルアクバルに疎まれ、遠ざけられてまで生きていたいとは思わない。

「必ず、お約束を…」

「するわけがあるか！　お前の首を刎ねるくらいなら、俺がまずそんな愚かな俺自身の首をへし折ってやる」

慟哭《どうこく》が、真正面からルスキニアを撲つ。恐ろしく大きな獣が、目の前で吠えたのかと思った。ぱち、と瞬いたルスキニアを、二本の腕が締め上げる。

「ぁ…」

「…聞かせてくれ、もっと」

軋るような声が、耳元で呻いた。

その響きの理不尽さは、誰よりも王自身が理解しているのだろう。音がしそうなほど大きく揺れた尾が、床を打った。

「もっと。お前の自身の言葉を、このきれいな顔の下にある本当の気持ちを、俺は知りたい」

正しくて耳障りのよい、うつくしいものばかりでなくていい。冷徹でも、理不尽でも、愚かなものですら構わない。

全部、教えろ。

これほど傲慢な要求が、他にあるか。いや、そもそもこれは要求なのか。

懇願、だ。知りたいと、そう絞られた男の声は、決してルスキニアを暴き奪い取るものではない。

「初めてモルガナ城でお前を見た時から、ずっとそう思ってきた。この宝石みたいな青と銀の目に、俺が、世界が、どう映ってるのか。それをお前は、どんな言葉で語るのか」

ざり、と髪がこすれるのも構わず、男らしい額が白い額に押し当てられる。冷えた互いの鼻梁を間近に感じ、ルスキニアはけぶるような睫をふるわせた。

その睫同士でさえ、ぶつかってしまいそうだ。焦点を欠くほど近い距離で、漆黒の核を持つ黄金の炎が燃えていた。

「私は…」

私も、知りたかった。

暁よりも苛烈な眩さの向こうに、なにがあるのか。もう一度あの輝きを目にできるなら、灰になっても悔いはないと、身のほど知らずにもそう願った。

喘ぎ、絞り出そうとした言葉の先が途切れてしまう。上手く形にならない言葉を、どう捕まえればいいのか。ふるえたルスキニアの眼窩を、王が額で辿った。

「俺は、欲深い」

ひそめられた声の熱さに、その響きの苦さに、鼻腔の奥が冷たく痛む。灰色の尾が、迷うように足元を掠めた。

「弱い男であるだけでなく、呆れるほど強欲だ。最初は連れ帰ったお前の口から、庭に咲いた花や、昼に食った菓子の美味さや、ゲームが巧みな宦官を褒める言葉が聞けるだけで、満足していた。だが今は、それだけでは我慢が利かん。俺だけが知るお前の顔を…、叶うなら、お前の胸を開いてでも、その全てを具《つぶさ》に知りたいと願うことすらある」

そんな衝動が己の身の内にあることこそ、アルアクバルには驚きなのだろう。同時に、制御できない感情は許しがたいものであるに違いない。忌々しさに捲れ上がった唇の隙間から、鋭い犬歯が光を弾いた。

「俺が見たことのない、聞いたことのないお前の声を、あの勇ましい娘が知っていると、そう思うだけで身勝手な嫉妬をするほどにな」

「私の全ては、王のものです」

衷心から、そう思う。この言葉もまた、今まで何度だって口にしてきた。父王に、あるいは自分の命を左右する者たちに。だが本心から告げたいと思ったのは、アルアクバルただ一人だけだ。

「お望み頂けるなら、いくらでも、いくらでも」

いくらでも、この胸を切り開いて示したい。

この内側にあるものを、今までほしがる者は誰もいなかった。この目がなにを映し、なにを感じるかなど、そんな意志が、心が、ルスキニアにあること自体、誰も想像することなく、関心も払われなかったのだ。

ルスキニア自身、価値があると思ったことはない。

実際、なかったのだろう。紙から得た知識がどれほど多く、分析し思考する能力が備わっていたとしても、スペルビナですごすこの身の内は虚ろだった。あの日、色のない太陽の下、暁よりも鮮烈なアルアクバルという輝きに触れるまで、自分は生者とは呼べなかったのだ。

「教えてくれるのか」

恐ろしい力を持つ二本の腕が、ルスキニアを強く抱き竦める。みしりと、骨が鳴るかと思った。だが、怖くはない。ふるえる両腕で、ルスキニアは逞しい体軀へと縋った。

「王がそれを、許して下さるなら」

声が枯れても、啼き続けよう。

これ以上は不要だと、突き放される日が訪れるまで。そしてその日が来ることに、怯えはしまい。必要としてもらえるものがこの身にあるなら、惜しむ理由はないのだ。

「きっと…、きっと、王を呆れさせることも多くあるかと思いますが…」

「莫迦を言うな！」

即座に否定した男が、牙を剝く。咆吼の代わりに、がるるる、と低い唸りが間近でもれた。

「何度言えば分かる。呆れられるのも許しを請うのも、俺の方だ」

舌打ちが混ざる怒声が、いささか理不尽に鼻梁を齧る。剝き出しにされた牙を、刻まれた皺の深さを、畏れるべき理由は百とあった。だが唇からもれたのは、笑うような息だけだ。

被毛に包まれた尾が、互いの臑に絡む。牙を剝いた口が、笑うルスキニアの唇を嚙み取った。

夜明けの気配が、近いのか。

開け放たれた窓から、ひんやりとした空気が流れこむ。だがそれさえも、肌の熱を冷ます役には立たない。

「…あ…」

乱れた寝台に、内側から輝くような白い裸体が落ちている。力を抜いていろと言われても、とても無理な話だ。心臓がどくどくと胸を叩いて、ルスキニアを苦しめた。

「我慢をするな。ちゃんと息をしてろ」

口元に押し当てていた腕を摑まれ、はっとする。わななく唇を、アルアクバルの親指が辿った。

それだけで、首筋がぞくりとする。ごつごつとした指の感触を前歯に感じて、舌先が疼いた。

「んん…」

ぐぷぷ、と恥ずかしい音が、自分の尻で鳴る。すっかりぬかるんだ尻の穴に、厳つい指がもぐっていた。

「あ…ぅ、んぁ…」

抱き抱えられ、もつれるように寝台に辿り着いた。冷たかったはずの絹の夜具は、すでに二人の体温によってぬるんでいる。もう何度唇を吸われたか、思い出せない。裸の背を夜具に預け、ルスキニアは尻の穴を探る指に喘いだ。

「んあ、っ、うぅ…」

何時間か前にも繋がっていた場所は、まだやわらいでいる。それでも慎重に、アルアクバルは粘つく軟膏を指に取った。

「ルスキニア」

低い声が、諭すように左耳へと注がれる。

耳殻の、真上だ。息の振動だけでもたまらないのに、唇の動きまでが複雑な耳の凹凸をくすぐる。操られるように口を開くと、あぁ、と鼻にかかった声がもれた。

「そうだ。上手いな」

深い呼吸を褒められ、余計に顎の力がゆるんでしまう。嬉しいと、そう思っている自分に鼻腔の奥が痛んだ。

嘆く理由などない。だが際限なくとろけてしまうプロスティブラの肉体に、いまだ心は追いついてくれないのだ。れろ、と尖らせた舌先で起伏を辿られると、顎が上がる。味わう音が直接頭蓋《ずがい》に届いて、ルスキニアは腿の内側を強張らせた。

「…ぁ、あ」

ぬれたアルアクバルの舌先は、獣のそれとは違う。ざらついてはいるが、決して痛むほどではない。

ぬぶ、と耳の穴へと押し入られ、狭い場所を掻き回す刺激に尻の穴までもがひくついた。

挿入の、動きだ。耳の穴を、なにに見立てているのか。性器を出し入れする卑猥さで、ずるっと深く舌を使われた。

「んんっ、は、あっ…」

持ち上がろうとする腰を宥めるように、尻にもぐった指を曲げられる。

どの指を、今から入れるのか。どの指が、入っているか。アルアクバルは、まるで医師のように一つ一つルスキニアに教えた。自制を、呼びかけるためだったのかもしれない。だが結果的には、王のどの指が入っているかを生々しく理解して、背筋に汗が噴き出した。

「どうだ？」

息を混ぜて尋ねた男が、押し入れた指を左右に開く。

アルアクバルの指は、ごつごつとして太い。一本呑み込むだけでも、正気であれば尻込みするほどだ。だが今は、詰め込まれた何本もの指で腹側を探られるたび、声がもれた。

「っあ…ぁ…」

軟膏で潤った場所を、ぐるりと指の腹で捏ねられる。伸縮を試すように入れた指を開かれると、抗うように穴がうねった。

ルスキニア自身が、制御できる動きではない。ぐる、と右の腕ごと埋まる指を回され、不意打ちのような刺激に膝が撥ねた。

「…っんぁ、や…」

アルアクバルの指が掠めたそこには、ルスキニアを脆くする場所がある。想像するだけで唾液が湧いて、ルスキニアは奥歯を噛み締めようともがいた。

「ここが好きか？」

露骨な問いに、肩が竦む。

自分のはしたなさを、言い当てられた心地だ。だが抑制の効いた男の声は、ルスキニアを責めはしない。ここ、と示す動きで、太い指を曲げられる。

「ひァ、あっ、あー…」

こりこりと痼《しこ》ったような場所を、指の腹が丸く捏ねた。自分の指でだろうと、そこに触れる勇気は持てない。そんな怖いくらい敏感な場所を、力加減一つできない他人の手で揉まれるのだ。前後に揺するように圧迫されるたび、強すぎる性感にぴくぴくと性器が撥ねた。

「あァっ、ひ…」

「苦しいか？」

そんな声で、聞かないでほしい。深く頷きたいほど苦しいが、それは苦痛に思えるくらい気持ちがいいということだ。

内側から直接性器を刺激されているみたいに、息が切れる。こねこねと揉まれるたびに、半端に勃起したルスキニアの性器が撥ねた。爪先をばたつかせて、暴れてしまいたい。たらたらと腺液をこぼす性器を、アルアクバルの親指があやすようにさすった。

「っん…ぁ、駄…」

「口でされるのも、好きだろう？」

言葉の意味を教えるように、男が大きく口を開いてみせる。ぬっと舌を突き出す仕種には、品性の欠片もない。ねろりと首筋を舐められ、悲鳴がもれた。

この口で、なにを。

思考が繋がるより先に、欲深い性器がぴくんと撥ねて腺液を散らす。

「んあ…っ」

ごく、と恥ずかしいほど大きく喉が鳴った。開きっぱなしの唇から涎が垂れたが、もうそのはしたなさを呪う余裕もない。

ルスキニアの顎を吸った男が、大柄な体軀を下げる。脇腹に口づけ、陰毛に息を吹きかけたアルアクバルを、ルスキニアはふるえる指で摑んだ。

「どうした」

必死になるあまり、被毛に包まれた耳を握り込んでいたらしい。あたたかくなめらかな感触に、動揺したのはルスキニアの方だ。無礼を怒りもせず、王が顔を上げる。

そうして覗き込む間にも、大きな手が確かめるように薄い胸元をさすった。あやす、動きでもある。丸く動かされると、軟膏や腺液で汚れた手が乳首に引っかかった。引っかかると感じるのは、ルスキニアの乳頭がころころに腫れてしまっているからだ。

「ぁ…」

訴えようとする口腔は、からからに乾いている。乳首の硬さに驚いたとでも言いたげに、男の指が乳輪ごとそれをつまんだ。

「ひっ…」

「こっちを、舐められたかったのか?」

ぷっくりと尖った左の乳首へ、男が甘く牙を立てる。性感が放射状に背中を包んで、ルスキニアは薄い体をしならせた。

「っあ、…も、う…」

囁きにも満たなかった訴えに、アルアクバルの耳がぴくりと動く。両の耳を正面に向けて覗き込まれ、ルスキニアはもう一度それを摑んだ。

「…もう、ぁ、待…な…」

どんな言葉で訴えていいか、分からない。

欲しいと、そう口にする発想そのものが欠けていた。はしたないと思う、気持ちのせいだけではない。なにかを欲しがること自体に、いまだ慣れていないのだ。

そこにいない者のように扱われることには、慣れすぎている。心のない人形のように、ただ立っているならいくらでもできた。

だがアルアクバルになにかを求める時、どんな言葉で強請れば許されるのか。そう思い悩む、自分がいる。強請るだけでなく、自分の望みを受け入れられたいとも思っているのだ。

自分の欲深さが、怖くなる。

まるで、際限がない。アルアクバルに出会う前は、なにかを欲しいと思うそんな心さえ持たなかったはずなのに、今はもうこの両手に抱えきれないものまで欲しがっている。それだけでなく、拒まれ、与えられない危惧にまで怯えるのだ。

「あ…」

ぴんと耳を跳ねさせた男が、眉間に深い皺を刻む。

欲張り、すぎたのか。

絶望に息を呑んだルスキニアに、アルアクバルが牙を剝いた。雄臭い唇が捲れ、剝き出しにされた牙の隙間から声にならない唸りがもれる。

「くそ…ッ」

王自身へ向けた罵りが、咆吼に重なった。許しを請う間もなく、逞しい腕で掻き抱かれる。

「…っぁ、王…」

「あまり俺を、甘やかすな」

その怒声が理不尽なものであることは、アルアクバル自身が一番自覚しているのだろう。ぎり、と奥歯を噛んだ男が、急くようにぬれた尻から指を引いた。

「っ、んあ…」

掻き回されるのと同じくらい、抜き出される刺激も辛い。鳥肌が立って、ルスキニアは長い髪が乱れるのも構わず首を振った。

「…ぁ、甘やす、など…」

「黙っていろ」

短く吠えた王が、体に残っていた長衣に手をかける。暑さに耐えかねるように、一度ぶるりと首を振った男が帯を解いた。

まるで、獰猛な獣だ。

月明かりに浮かぶその体軀に、圧倒される。

剝き出しにされた胸板の厚さから、目を逸らせない。その下に続く、筋肉の流れが伺える硬い腹からもだ。なにより、そこに着くほど反り返った陰茎の形はどうだろうか。

血管を浮き立たせ勃起した陰茎は、紛れもなく人間のそれだった。だが汗ばんだ褐色の肌から発散されるのは、荒々しい獣の熱に他ならない。

尾骨から続く逞しい尾が、重い音を立てて夜具を打った。

「ぁ…、王…」

膝で進んだアルアクバルが、ルスキニアの臑を摑もうとして動きを止める。その眼が、なにを捉えたのか。遅まきながら理解して、ルスキニアはぬれた瞳を揺らした。

上気し、常以上に肌艶を際立たせたルスキニアの腿に、無残な鬱血《うっけつ》が広がっている。

腿だけでなく、腕や背中にも醜い擦過傷《さっかしょう》や打撲《だぼく》の痕が浮いていた。言うまでもなく、あの裏庭でオルランドによって刻まれたものだ。

「…ぁ、大丈夫、です…」

もう、大して痛みはしない。

そう伝えようとしたルスキニアの腰を、怒気を漲らせた腕が摑む。

「膝を、つけるか」

怒りを押し殺した声に頷くと、背中へと腕を回された。そのまま体を引き上げられ、声がもれる。

「あっ…」

寝台に腰を下ろした王を跨《また》ぐ形で、膝へと抱えられた。咄嗟に両腕でしがみついたが、アルアクバルは肩を揺らしもしない。筋肉の塊のような腿にぺったりと尻が落ちると、その割れ目に陰茎が当たった。

「痛んだら、言え」

低い声と共に、触れるか触れないかの接触で背中を撫でられる。そこにも、ひどい痣が浮いているのだろう。仰向けに転がり繋がるのは、負担が大きい。そうかもしれないが、だからといってこんな姿勢で繋がろうというのか。

「っあ…、で、も…」

いつもは見上げるアルアクバルの双眸が、今はルスキニアより低い位置にある。その上、互いの距離がひどく近い。戸惑うルスキニアの尻を、骨張った五指が摑んだ。

「んん、あ…」

不安になるほど大きく、股を広げられる。反射的に膝で夜具を捉えると、ぬれた肉が尻穴に密着した。

怖い。この姿勢を怖れずにいるのは、困難だろう。

どくどくと心臓が脈打って、喉の奥が苦しくなる。言うまでもなく、強請ったのはルスキニアだ。

それでもこんな、串刺しに近い体勢には動揺してしまう。視線を下げれば、繋がろうとする互いの全てが見えてしまうのだ。喘ぐ体を、強い腕がゆっくりと引き下ろした。

「…うぅ、は…」

反り返った陰茎が、入ってくる。

夜具に膝を置いてはいるが、体重を支配しているのはアルアクバルの腕だ。両手で摑み、拡げられた尻の穴に亀頭が食い込む。ぐぐ、と位置を調節するように腰を揺すられると、内臓を押し上げられる圧迫感に声がもれた。

「ああ…、あ、う…」

汗にぬれた肌が、同じく汗ばんだアルアクバルの肌とこすれる。被毛とは違い、直接体温を伝える皮膚の感触に息が上がった。

毛皮のやわらかさには、倒錯的《とうさくてき》な心地好さがある。そしてこの瞬間密着する皮膚には、生々しい熱さがあった。

守るもののない胸や腹が重なり合うと、そこが動物の急所であることが嫌でも分かる。こんな無防備な場所を預けながらも、ルスキニアには両腕で男に縋る以外なにもできないのだ。

「ッ、…あっ」

膨れた亀頭が、ごりり、と腹側を強く圧す。びりびりとした性感が臍下に響いて、尻の穴がうねるように締まった。アルアクバルにとっても、それは不意打ちに近い刺激だったのか。灰色の尾が揺れて、濁った息がルスキニアの顎を舐めた。

日頃は表情を変えることすら稀な男が、今は眉間に深い皺を寄せている。ぐ、と耳を倒したまま、男が牙の隙間から低く唸った。

「ルスキニア…」

喉元へと吹きつけられた声の熱さに、爪先が悶える。喉に絡む掠れた声にさえ、ぞっとするほどの官能が滲んだ。

喘ぎ、仰け反ろうとする体を、頑丈な腕が揺すり上げる。

確実に陰茎の上へと引き下ろされ、みちみちと詰め込まれる圧迫感に喉が開いた。

「んぁ、あ、深…」

入念に拡げられたせいか、それともこんな姿勢だからなのか。獣の姿でもないのに、陰茎がいつもより深い位置にまで届く。

行き止まりと思える場所に、ごつごつと当たってしまいそうだ。怖くて、それ以上に気持ちがよくて、鳥肌が立つ。揺すり上げる動きで抱えなおされ、喉元に届きそうなほどずっぷりと陰茎を含んでいることを実感した。

「…くそ」

苦い罵りが、もう一度鎖骨をぬらす。

それはまたしても、アルアクバル自身に向けられたものだったのか。いつの間にかとろりと落ちか

けていた瞼を、ルスキニアは苦労して持ち上げた。

大きく尾をしならせた王が、ルスキニアの肩に浮く痣へと唇を寄せる。練り絹のような肌の上で、黄色と暗い青、赤を混ぜた鬱血は一層陰惨に映った。

そんなもの、苦にしなくてもいいのに。首を横に振ろうとすると、抱えた体を抱き竦められた。

「んぁ…」

「百回殺しても、飽き足らん」

低い唸りは、刃物と同じ鋭さを呑んでいる。接した肌から伝わる怒気に、ぞわりと首筋の産毛が逆立った。

あの騎士を、百回引き裂いても足りはしない。

それは、偽りのない本心だろう。

アルアクバルには、屈強な騎士さえ紙のように裂く爪と牙がある。一片の憐憫もなくそれを振るう姿を、今夜ルスキニアは間近に見た。

「ぁ…、私は…、王に、また…」

「無益な血ではない」

その爪で、血を流させてしまった。許しを請おうとしたルスキニアを、迷いのない声が斬って捨てる。

「お前は、俺とあの娘を守った」

何故、ルスキニアが後宮を飛び出したのか。それがリリアーナを斬首から救うだけでなく、アルアクバルこそに無益な血を流させはしまいとした結果だと、王は正しく汲み取っているのだろう。俺を守ったと、そう告げる男に、ルスキニアは首を横に振った。

「違…」

どこまでアルアクバルは、自分を甘やかせば気がすむのか。鼻腔の奥が鈍く痛んで、ルスキニアは声を上擦らせた。

「違うものか。今夜流れたのは、流れて然るべき者の血だ」

薄闇のなかで、発達した犬歯が光を弾く。歪んだ唇が笑う形に見えたのは、ルスキニアの目の錯覚か。生々しい血の臭いは、いまだルスキニアの鼻腔に貼りついている。アルアクバルも、それは同じだろう。

「この手であいつをぶちのめせた点においては、俺も十分満足している」

言葉の通り、男には一片の悔恨も見受けられない。むしろできることならば繰り返し、騎士に贖いの血を流させてやりたいと、腹の底から望むのだ。

残虐非道な、怪物。血を好み、悲鳴を愉しみ、腸を喰らう獣。

前宰相が撒いた噂は、真実ではない。だがアルアクバルが血を懼れるかと言えば、それも否だ。必要とあれば、男は躊躇なく人の腹を裂いた。獰猛さを隠すことのない黄金色の眼が、薄闇のなかで光る。漆黒の瞳孔を収斂させるそれに、ルスキニアは汗にぬれた額を擦りつけた。

「…アルアクバル、様…」

口にすべきは、謝罪か。あるいは、感謝か。

きっとそのどれも、適切ではない。呻いたルスキニアの唇へ、獰猛《どうもう》な牙を持つ唇が寄せられる。嚙みつくように唇を口で塞がれ、ルスキニアは顎をゆるませた。

「…んぅ、ふ…」

肉厚な舌が、ずっぷりと深くもぐってくる。含まされた舌は勿論、吹きつけられる息の熱さにも口腔が痺れた。

敏感な口蓋《こうがい》どころか、喉の奥までもがじんと疼く。息苦しさのせいばかりではなく、ルスキニアは大きく口を開いていた。

「うぅ、んぁ、う…」

舌を吸われるまま、尻を摑んで痩軀を引き上げられる。呻き、縋りつく腕に力を込めると、肌の匂いが近くなった。

「んあ、は…」

汗ですべる自分の腕が、もどかしい。大きく腰を回され、喉の奥で無防備な声がもれた。もっと聞きたいと強請るように、引きつる舌の裏をくすぐられる。

それこそ、氷糖にされた気分だ。ざらつく舌で舌を捏ねられると、なまぬるい唾液がどっとあふれる。ちゅぅっと音を立てて舌先を吸われるたび、射精してしまいそうな痺れが下腹を撲った。

「あぁ、っんあ…、は」

苦しいのに、顎を引いて息を継ごうと思えない。それどころか拙《つたな》く吸いついたルスキニアの動きに、荒い息が笑った。

「上手くなったな」

口づけが、か。低く褒めた男に尻を持ち上げられ、姿勢の不安定さから穴が窄《すぼ》まる。健気な締めつけに喉を鳴らした男が、ずん、と大きく腰を突き上げた。

「ひァ…」

「ルスキニア」

吹きつけられるのは、引き毟り貪ろうとする者の声ではない。

与え、慰撫《いぶ》しようとする者の声だ。鼻腔の奥が痛んで、瞼が引きつる。名前を呼んだ唇の動きがそのまま唇に伝わって、ルスキニアは舌を伸ばした。餌を求める鳥の雛《ひな》にも、劣る動きだ。息だけで笑った男が、あ、と口を開いて熱っぽいルスキニアの舌先を含み取る。

「んんぁ、んく…、ふ…」

「ルスキニア」

掠れた響きに、ぎゅうっと爪先が丸まる。

何度もがかせても、強すぎる性感を逃がすことができない。揺すられ、突き上げられる動きだけでなく、詰め込まれた陰茎の圧迫感そのものに息が切れた。

鰓《えら》の張った陰茎は、獣の姿でいる時よりもずっしりとして量感がある。

そんな肉に、串刺しにされているのだ。それを考えるとどきどきと鼓動が胸を叩いて、開きっぱなしの口から途切れなく声がこぼれた。

「…あ、っあ…ぅ」

「お前が、無事でよかった」

喉仏を舐める息は、やはりルスキニアに聞かせるためのものではない。

無事と言うには、自分は心配をかけすぎたのだろう。その上、怪我まで負ってしまった。

アルアクバルの体に残るものに比べれば、ルスキニアのそれは怪我とも呼べないものだろう。それでも男は、自らを責めるのだ。自身が血を流すより深く、憤りさえする。

「ぁ、私、は…」

「俺の側を、離れるな」

命じるものであると同時に、注がれたのは請う声だ。

鼻腔の痛みが、ひどくなる。声を出すこともできず頷くと、大きく腰を回された。

「あっ、う…」

「ちゃんと、言え」

行き止まりと思える場所を何度も抉られ、目の前で光が散る。そうしながら低い声を突きつけられて、引きつる舌がもつれた。逞しい首に両手で縋り、繰り返し頷く。

「…ぁ、お側、に…」

そんなものは、ルスキニア自身の望みだ。しゃくり上げた白い喉を、鋭い牙が食む。

「もう一度」

「王の…、お側、に…」

続くはずの言葉ごと、熱い口に嚙み取られる。深く顔を傾けたアルアクバルが、約束諸共《もろとも》ルスキニアの舌を強く吸った。

食べられる、みたいだ。

舌の裏側にまで舌が絡んで、互いの息が混ざる。どこもかしこも密着して、隠せるものなどなにもない。ざらつく舌の厚みを口腔全体で味わうと、首筋がぞくぞくっと痺れた。

「っあ、あァ」

陰茎が抜け出てしまいそうなほど大きく、揺すり上げられる。ごちゅ、と鈍い刺激が臍下に響いて、何度目かの光が爆ぜた。

「…ぁっ、待、…強い…」

訴えたところで、とうに限界は超えている。脆くなる場所を狙って亀頭で叩かれたら、堪えようがない。腹側から奥までをごりごりと捏ねられ、射精の瞬間のように息が詰まった。

「っ…」

重なった体が、ぶるっとふるえる。それは、どちらから生じたものだったのか。苦しみ、へこんだルスキニアの腹の奥で、膨れきった陰茎が爆ぜた。

「あァ…」

注がれる。湯のように熱い精液が、怖いくらい深い場所を叩いた。

「っは、あ…」

「ルスキニア」

瞼を流れた汗が、煩わしかったのか。右目を眇《すが》めたアルアクバルが、ぴんと耳を揺らす。そんな形に顔を歪めていてさえ、王は精悍だ。もう一度ぶるっとふるえたはずみに、陰茎を締めつけてしまったのだろう。呻いたアルアクバルが、ルスキニアを両腕で掻き抱いた。

「あ…」

「俺の番は、お前だけだ」

うるさいくらい胸を叩く互いの鼓動が、重なる。

誓う、言葉でなくていい。

そう口にすれば、アルアクバルは怒るのだろうか。自分はまだ少し、目の前の男を侮《あなど》っているのかもしれない。

アルアクバルの声に籠もるのは、揺るぎのない確信だ。

強欲なルスキニアが望めば、この男は言葉の通り、永遠すら与えようとしてくれるかもしれない。

自分の想像に、背筋が戦慄く。それは、この世界の半分よりも貴重なものだ。

「私、も…」

そんなことは、言葉にするまでもない。当然であるだけでなく、差し出すにはあまりに無価値なものだ。

世界の半分は言うに及ばず、ルスキニアが差し出す永遠など路傍の石にすら劣る価値しかない。そうであるにも拘わらず、男は笑うのだ。

嬉しそうに破顔したアルアクバルが、ルスキニアを抱き竦める。唇に擦り寄せられる唇は、熱い。

ふるえる息で笑い、ルスキニアもまた唇を開いた。

「美味いか？」

低い問いに、深く頷く。それ以外の応えなど、あるだろうか。

「はい…！　とっても美味《おい》しいです」

喜色に満ちた声が、広間に落ちる。

ささやかな水音が、それに重なった。広間の中央には、澄んだ水を湛《たた》えた噴水が設けられている。中央から湧き出る水は大理石の水路を通り、中庭にあるもう一つの噴水へと注いでいた。溜め息がもれるほど贅沢な仕掛けの傍らに、大柄な男が遊戯盤と共に体を投げ出している。

さながら、日陰で微睡《まどろ》む大きな獣だ。

悠然と伸びた手足は、十分に寛《くつろ》いで見える。無理もない。このところも、王は目が回るほど忙しい日々をすごしているのだ。こんな日の高い時刻に休息を取れるなど、何日ぶりだろうか。中庭から流れ込む風を辿る動きで、アルアクバルが尾の先を揺らした。

「お前がそれほど喜べば、氷屋の親爺も本望だろう」

いや、料理人だったか。真顔で訂正した王に、ルスキニアがほう、と恍惚の息をもらす。

「あの方はやはり達人でございます。この氷菓子も甘いだけでなく、オレンジの香りが瑞々しくて、時々混ざる粗い氷の粒の食感まで素晴らしく…」

手放しで賞賛したルスキニアの唇へ、厚い爪を持つ指が伸びる。

その手の主は、言うまでもなくアルアクバルだ。ごろりと仰向けになった男が、ルスキニアの腿を枕代わりに独占していた。

「あ…」

指で顎先を捕らえた男が、のっそりと体を起こす。れろ、と動物がそうするように唇を舐められ、ルスキニアが宝石のような瞳を瞬かせた。

夢中になって味わった氷菓子が、唇を汚していたらしい。子供じみた自分のはしたなさに、ルスキニアは薄い耳までを朱に染めた。

「す、すみません…！　あまりに、美味しくて…」

器を置き、慌てて拭おうとするのをもう一度肉厚の舌で舐め取られる。

「行儀のよいお前が我を忘れるほど熱中するとは、妬《や》ける話だな」

どこまで、本気なのか。ぐ、と下唇を突き出した男が、味を確かめるように舌なめずりをした。

「また、そのようなご冗談を」

「分かっている。我が寵姫を喜ばせすぎたから、といって首を刎ねていては、我が国から氷菓子屋が消えてしまう。…しかしそれほどの好物を、よく我慢していられたものだな」

呆れられるのも、無理はない。ルスキニア自身よく堪えたものだと、こうして氷菓子を口にすると改めて感じ入るものがあった。

「王がご用意下さる氷菓子はよい香りがして、甘酸っぱくて、ひんやりとして、どれも本当に…、本当に素晴らしいものですが、必要であれば、一生口にできなくとも…」

「涙目になっているぞ、お前」

一生口にできなくとも、それで大願《たいがん》が成就《じょうじゅ》するなら安いものだ。その決意は確固たるものだが、しかし声に苦渋が滲んでしまうのは致し方ない。悲壮な形に歪んでしまったルスキニアの眉間へと、アルアクバルが音の鳴る口づけを落とした。

「よかったな。秘策を思いついて」

にやりと笑った男が、遊戯盤の傍に置かれた盆を引き寄せる。やわらかな湯気が立つ茶杯を差し出され、ルスキニアはぱっと顔を輝かせた。

「本当に……！」

体が冷えると、体内の元素《アンスル》の流れが滞る。そのため懐妊《かいにん》を望む、あるいは懐妊中は、体を冷やしすぎてはいけない。

いくつかの文献にそんな文字を見つけて以来、ルスキニアは水に浸かることを控え氷菓子を断ってきた。

そんなルスキニアに、氷と湯を交互に喰えばすむのではないか、と言い放ったのはアルアクバルだ。涙ぐましい努力を重ねてきた挙げ句、豆鉄砲を喰らった鳩《はと》のように目を丸くしたルスキニアのために、王は気に入りの氷菓子屋を呼んでくれた。

「王のご聡明さを、心より尊敬申し上げます……！」

「そいつはさすがに褒めすぎだろう」

複雑そうに、王が尾を揺らす。

湯を飲むことすら考えず、好物を遠ざけたのは極端な行いだったかもしれない。だがそれほど、思い詰めてもいたのだ。アルアクバルに後押しされ久し振りに味わう氷は、うっとりするほどの美味だった。

「後宮より先に、未亡人の館へ料理人をご手配下さったことにも、感謝申し上げます」

オレンジが香る氷菓子を作ってくれたのは、後宮に勤める料理人ではない。普段は街の市に屋台を出している、老人だ。

奇術のような手際で氷菓子を作る男を、アルアクバルは後宮より先に未亡人の館へと遣わしてくれた。言うまでもなく、そこで暮らすリリアーナたちに振る舞うためだ。

「リリアーナ様もお元気でおすごしのご様子で、本当にほっといたしました」

セヘルが老人から聞き出したという話を思い出し、ルスキニアが唇を綻ばせる。

リリアーナが未亡人の館に身を寄せてから、すでに半月以上が経とうとしていた。人の出入りが限られた館で、リリアーナは穏やかにすごしているらしい。老人が語ったところによると、ルスキニアと同じく北方の土地で育ったリリアーナは、冷たい氷菓子をいたく喜んだそうだ。

「お前の無事を確信できるまでは、水の一滴だって口にせず、憲兵たちを困らせていたがな」

ルスキニアの髪に下がる、銀の飾りが気になるのか。じっとその動きを追いながら、アルアクバルが苦い息を吐く。

王が言う通り、館へ移された直後のリリアーナは頑《かたく》なに口を閉ざしていた。全ては、ルスキニアの身を案じるが故だ。しかしアルアクバルからルスキニアの無事を教えられると、安堵の涙を流し問われるまま全てを語った。

ことのあらましは、ルスキニアが予測した通りだ。

あの小箱から毒薬が見つかったと聞き、リリアーナもまたオルランドの関与を直感していた。利用されたと知っても、まさかあの騎士様が、と打ちのめされはしなかったと言う。オルランドは献身的だったが、それまで見向きもされてこなかった騎士に、突如貴族の娘として扱われることには違和感を感じていたようだ。

この点において、リリアーナはルスキニアとよく似ている。

ルスキニアもスペルビナの貴族たるオルランドが、プロスティブラである自分のため涙を流す姿に、最初の警戒心を抱いた。

プロスティブラとはいえ、ルスキニアは数少ない王族の生き残りだ。それに傅《かしず》かねばならないと考えるスペルビナの貴族がいることは、理解できる。だがそうであったとしても、プロスティブラを人として扱ってこなかった者たちは、心のどこかでルスキニアを軽んじるものだ。

騎士は、驕りすぎたのだろう。リリアーナのような小娘や、世間知らずなプロスティブラなど簡単に籠絡《ろうらく》し手駒にできる、と。実際オルランドの目論見はイウサールの上級大臣を巻き込み、結果として後宮にまで到達した。

オルランドの話術が、これまで人の心を巧みに操ってきたのは事実だろう。だがそれに酔い、過信しすぎた結果、オルランドはルスキニアやアルアクバルの本質を読み誤った。

「今はアルアクバル王の慈悲深さと偉大さに触れ、リリアーナ様も深く胸を打たれておいでだと存じます。セヘルも言っていたではありませんか。未亡人の館で、王を讃えるための刺繍に励んでいらっしゃると」

取り調べが一段落すると、リリアーナは自らを厳罰に処してほしいと願い出た。利用された結果だとしても、自身が後宮に毒を運んだのは事実だ。ルスキニアに一目会いたい。会って遺品を渡したいと願うあまり、結局はそのルスキニアを窮地に追い込んでしまった。そんな自分を、許せなかったのだろう。

一時は自害に至るのではと、危惧されていたほどだ。幸いルスキニアが送った手紙や説得が功を奏し、今は落ち着いて刺繍に打ち込んでいるらしい。

スペルビナの女性の多くは、長い冬の間に針仕事をしてすごす。リリアーナも母親から、スペルビナの伝統的な刺繍技術を受け継いでいた。金糸を用いた恐ろしく緻密で豪奢なこの技法はイウサールでは珍しく、未亡人の館に暮らす女たちがリリアーナに教えを請おうと列をなしているらしい。

「お前を害さないのなら、獣の夫でも悪くないと思っただけだろう。お前の幸福だけを第一に考える点では、見上げた娘ではあるが」

そう言えば、と耳を揺らしたアルアクバルが、逞しい腕を伸ばす。

手にしたのは、白金で作られた駒だ。寛ぐ二人の傍らには、素晴らしい象嵌が施された遊戯盤が広げられていた。

「そう言えば、その刺繍の題材をより掘り下げるためにも、リリアーナ嬢は王都で評判の芝居を見物できる日を夢見ているそうだ。芝居見たさに、自害を断念したとの噂もあるらしいが」

「な…！」

芝居とは、あの芝居か。目を剝いたルスキニアの腿に、アルアクバルが再びごろりと頭を預ける。仰向けに転がると、尚更髪飾りが気になるらしい。絨毯に投げ出された尾の先が、ちらちらと左右に揺れた。

「あの氷屋の親爺の話では、芝居は益々盛況らしいな。お前の魅力が広く民に知れ渡るのは喜ばしいことだ」

普段後宮深くに隠されているお前を、芝居を通じて万人に見せびらかしてやろうなどと、愚かなことを考えているわけではない。むしろ俺は、お前を誰にも見せたくはない。これはかつての悪評を一掃するための、正当な試みだ。

真顔でそう告げた王に、ルスキニアは青い駒を握り締めた。

「なにをおっしゃっているのですか！　あれはビッラウラ姫であって、私ではないと何度申し上げれば…」

「確かにお前は、ビッラウラ姫以上に勇敢だ」

うむ、と頷いた王が、寝転がったまま白金の駒に腕を伸ばす。ルスキニアが奪った駒を惜しみもせず、男は自陣の駒を斜めに進めた。

「そのような、ことは…」

ビッラウラ姫ほどではなくとも、強くありたいとは思う。だが実際は、どうか。

半月前の夜に聞いた悲鳴が耳に蘇り、ルスキニアはそっと睫を伏せた。

リリアーナが未亡人の館に移されたあの夜、静寂に満ちた街の一角でなにが起きたのか。厩の土間が色を変えるほど、多量の血が流れたことを知る者は少ない。翌日以降、王宮で起きた出来事についても同じだ。

ルスキニアが想像した通り、リリアーナが捕らえられた翌朝にはヤズィード上級大臣が王宮へと駆けつけた。

まさか自分が後ろ盾となり、後宮へと送り出した娘が毒を隠し持っていたなど、青天の霹靂《へきれき》だ。無論、リリアーナがルスキニアと縁があるだけでなく、謀反人の娘であることは十分理解しており、厳重に厳重を重ねて身の回りを検めたはずだが、その上でもこのような過ちが起きてしまうとは。騙された結果とはいえ、全ては私自身の責任。直ちに職を辞し、かつて知事を務めた土地にて蟄居《ちっきょ》する。

大袈裟な身振りでそう告げたヤズィード大臣に、王は職を辞することについては即座に許した。

だが今回の件は、単純な過ちとは言いがたい。加えて最近、ヤズィードが前宰相と手を結び、不当な手段によって蓄えていた財産の所在が明らかになった。いかに先王の代からの仕える身といえど、いや長くこの国に仕える身だからこそ、看過はできない。厳しい判断が下ることになるだろうが、それを待つように。

揺るぎない声音で、アルアクバルはそうヤズィード大臣に言い渡した。

大臣だけではない。オルランドと共に今回の一件に関わっていた私兵団の者たちも、調査の結果次々と捕らえられていた。

前宰相であるファイサルが粛清されて以来、刑場の床が乾く暇《いとま》がない。やはり王は、血に飢えた獣ではないか。そうふるえる者もいるだろう。だが全ては、冤罪《えんざい》や見せしめのために流された血ではないのだ。

「無論、いかに勇敢であろうと、お前が背負うべきものはなにもないが」

ヤズィード大臣の処遇は言うに及ばず、どんなこともな。

月光色の髪を追った男が、やわらかなそれを指に絡める。耳のつけ根をするりと撫でられ、薄い肩がふるえた。

「…我が王に比べれば、私など身軽なものです。お役に立てることがあれば、どれほど嬉しいか」

叶うことなら、アルアクバルが担う重荷の欠片だけでも、この身で引き受けたい。だがそんな望みは、大それたものなのだろう。

血腥い決断を下したのは、王ではなくルスキニアだと。責任を転嫁して、両手に抱えた荷物をわずかでもこの腕に預けてくれたら。そうは思うが、王は決して双肩にかかる重荷を放棄しようとはしなかった。そうしたいとも、思わないのだ。

アルアクバルは、常に自らの考えに基づいてのみ物事を判断する。ルスキニアの囀りは元より、誰の進言も絶対の宣託《せんたく》になどなり得ない。それが、アルアクバルという男だ。分かってはいるが、それでもこの嘴がなにか、王の苦痛の一粒でも拾い上げられたらと願わずにはいられなかった。

「十分、役に立ってくれているだろう」

笑った男が、ぐり、とルスキニアの腹へと鼻面を擦りつける。深く顔を傾けたせいで、被毛に包まれた耳が不自然に折れた。思わずそれを助けようと伸ばした指の先で、びるる、とふるえた耳が立ち上がる。

「俺の悪評を拭い、民の心を惹きつけたのは間違いなくお前の功績だ。最近の芝居でも、お前の大胆極まりない献身は見る者の胸を打つと…」

「禁止すべきです…！」

ぎゅっと、被毛に包まれた耳を握ってしまいそうだ。ちらりとルスキニアを見上げた男が、駒を進め遊戯盤から青い駒を奪う。あ、と思わず声がもれた。

「芝居を禁じ、民から敬愛するビッラウラ姫を取り上げろと？　そんな暴君のような真似ができるか」

「ですから、あれは…！」

「あれは？」

にたりと笑った男の尾が、絨毯の上で揺れる。

これは、あれだ。猫が、獲物を爪の先でもてあそぶのと同じだ。深い皺を眉間に刻み、ルスキニアは機嫌よく立ち上がった王の耳をそっと握った。

「…誠に遺《い》憾《かん》ながら、いかに正しくとも時には暴君の誹《そし》りを免れないこともあるでしょう。私心を排して申し上げます。あの破廉恥な芝居は、即刻禁じるべきです」

そうでなければ王の沽券《こけん》に関わり、王都の風紀の乱れに繋がります。

真顔で訴えたルスキニアに、王が右の眉を吊り上げた。

「随分な公正さだな」

「王を思えばこそでございます」

その言葉に、嘘はない。重々しく告げ、ルスキニアは青い駒を右へ動かし、白金の駒を仕留めた。ちら、と黄金色の眼がそれを確かめる。

罪のない、ゲームだ。だが盆に恭しく用意されたブラシを思うと、勝敗は二の次だなどとは言っていられなかった。

「それならば、責任ある身として熟考しなければな。どうだ、明日にでも再度視察に出向き、その上で検討するというのは」

ルスキニアの鳩尾へ鼻面を埋《うず》めた男が、匂いを確かめるように深く息を吸う。びる、と手のなかでふるえた耳に驚くと、アルアクバルが白金の駒を左に動かした。

「視察など…。お忙しいのに」

実際のところ、その視察とは芝居見物であり、街をそぞろ歩くことだ。

無論民の暮らしを知る上で、無益なこととは言いがたい。同時に、ひどく魅力的でもある。

だが前宰相の粛清に始まり、ヤズィード上級大臣が罷免された今、アルアクバルは息をつく間もないほど忙しい身だ。動揺が走る宮内学院の上役たちとも会合を重ね、後任の選定にも奔走《ほんそう》している。

幸いなのは、残留させたジタールの知事が精力的で、大火後の復興や組織の再編にも見通しが立ち始めていることだろう。そんな日々故に、食事さえ疎かにして職務に打ち込むアルアクバルを、物見遊山になどつき合わせていいわけがない。なにより、ルスキニアは身勝手にも後宮を抜け出した身だ。その件については不問に処されることとなったが、再び後宮の外に出ることを許されているとは思えない。

「言っただろう。お前に勝る政務などあるか」

「…それこそ、暗君《あんくん》がおっしゃることでございます」

そっと咎めたルスキニアへと、王が右手を差し出す。はっと目を見開いたルスキニアが、一瞬の躊躇の後それを両手で受けた。

いくつもの傷痕が残る男の手は、骨太くずっしりと重い。鋭い爪を持つその掌には、しかしいつもとは違う弾力があった。

あたたかい。むっちりとした肉球の厚みを感じ、ルスキニアは声もなく目を瞠った。

「お前が言う通り、時には暗君の誹りを甘受《かんじゅ》せねばならんこともある。それに、お前も興味があるのではないか？　最近、あの芝居の踊り手の衣装が新しくなったそうだが」

「そ、それは…」

確かにセヘルも、ビッラウラ姫の髪や衣装が以前にも増して華やかになったと話していた。それ以上に変化を遂げたのが、聖なる獣が纏う毛皮だ。新しい被毛はまさに輝くような白銀で、虎に扮した踊り手が跳躍するたび喝采が湧くのだとか。

無論どれほど精巧であれ、今この手のなかにある肉球や、艶やかな耳や尾に勝るものなどない。こんなにも精悍で、こんなにも豪奢で、こんなにももこもこした素晴らしい被毛や肉球は、他にはないのだ。

「どうだ、気にならんか」

誘惑する声音が、高い鼻梁と共に臍をくすぐる。

　きっぱりと、首を横に振るべきだ。分かっているのに、声の振動と手のなかにある魅惑的な弾力に意識を引き摺られてしまう。さらりとしてあたたかな肉球を夢中で揉むと、アルアクバルがもう一つ青い駒を攫った。

「あっ」

「欲のない奴だな」

　呆れたような声と共に、脇腹を甘く噛まれる。陽動、か。肉球の魔力にあっさりと陥落した自分に臍《ほぞ》を噛みつつ、ルスキニアは手放しがたい王の手を無心で捏ねた。

「そのようなことは…」

　欲なら、ある。それこそ、途方もなく。

　この瞬間もそうだ。自分はできることなら、このゲームに勝ちたいと思っている。

　お前の望みはなにかと問われ、応えるべき言葉を見つけられずにいた自分は、はるかに遠い。むしろ今は、この腕に抱えきれる以上のものまで望もうとしている。セヘルや王が感嘆してくれるほど、自分は無欲な人間ではあり得ないのだ。

「もし私が無欲に見えるなら…、それはやはり、もう十分に与えられているからです」

　あなた、に。

　衒《てら》いなく伝えたルスキニアに、アルアクバルが瞬く。

　なにをそんなに、驚く必要がある。当然の話ではないか。

　この身は、なにも持たない。過去は勿論、現在においてもルスキニアに備わっているものは多くはないだろう。あるとすれば、それは全てアルアクバルが与えてくれたものだ。

喜びも、それを知る心も、虚ろだった自分の内側に注いでくれたのはアルアクバル以外にはいない。

「だからそれを、無欲と言うのだ」

鼻面に皺を寄せた王が、ルスキニアの手から抜き取った腕で細腰を抱く。それをいささか惜しく感じながら、ルスキニアは青い駒を左に動かした。

「買い被りです」

「ならば、素直に俺と視察に行くと言え。祭まで間がある分、せめて市にくらいには…」

市にくらいには、連れて行ってやる。そう口にしかけた男が、何事かを思い出した様子で耳を横に閃かせた。

「そう言えば、セヘルに強請って祠や泉に行ったのだったな」

菓子を買ってきただろう、と続けられ、今度はルスキニアが青と銀の目を瞬かせる。

「ああ、あの…」

リリアーナと騎士の一件で、あの夜はすっかり土産の菓子どころではなくなっていた。だが折角の食べ物を、疎かにはできない。侍女たちに処分されていなかったことを幸いに、ルスキニアは後日包みを開き、不思議な形をした飴を王と二人でたいらげたのだ。

「もう一度、買いに行くか」

「いえ、あれは…」

口を突いて出た言葉に、アルアクバルがぴく、と耳を揺らす。

　まさか菓子をもってさえ、ルスキニアを釣れないことに驚いたのか。駒を持つ手を止めた男に、ルスキニアは唇を迷わせた。

「ち、違います。飴に問題があるのでは…。…いえ、あるといえばありますが…、そうではなく、実は…、先程セヘルが教えてくれたのですが…」

　告白して、いいものか。決断しきれなかったルスキニアに、腿の上で大柄な体が身動いだ。

「どうした」

　つい今し方まで、あれほど美味そうに氷を食べていたのだ。まさか腹が痛むわけでもあるまい。低く唸った王に、ルスキニアは舌先で唇を湿らせた。

「…実は、芽が出たと」

「芽？」

　訝しげに繰り返され、胸が喘ぐ。上手く呼吸ができず、ルスキニアは肺を膨らませようと精一杯息を啜った。

「御典医殿のお話では、私の懐妊の有無を調べる試みで、その兆候が見られた、と…」

　アルアクバルに仕える以前、セヘルは他国の王を主としていた。そこではイウサールともルスキニアの故国とも異なる手法で、懐妊の有無を判断したらしい。それはルスキニアの目にはやや奇異なものに映ったが、セヘルによれば精度は決して悪くはないと言う。

「…勿論、絶対とは申し上げられません。セヘルもプロスティブラの、しかも男の懐胎には経験がなく、今も懸命に文献に当たってくれていますが、もうしばらく経たないと確約はできないと」

なんと言っても、ルスキニアは男だ。プロスティブラではあるが、一般的な女性とは機能も構造も大きく異なる。

懐妊の判断においても、女性に用いるものと同じ手法に照らし合わせることが可能なのか。不確定な部分は多いが、それでもセヘルはルスキニアに喜ばしい兆しを耳打ちしてくれた。

「それでも、現段階において見られる兆候は、セヘルの経験によれば……、…王？」

セヘルの経験においては、よい兆しだと言う。そう言葉にしようとして、ルスキニアは首を傾げた。

自分は緊張のあまり、故国の言葉で話し続けていただろうか。そう懸念するほどに、アルアクバルは瞬きもせずルスキニアを見ていた。

「……あの、懐妊の、兆候が…」

もう一度、できる限りゆっくりと同じ言葉を辿ってみる。

同時に、もう一つの可能性に背筋が冷えた。

もしかしたら、アルアクバルにとっては全く関心のない話題だっただろうか。

後宮に嫁した当初、自分はプロスティブラとして王の子を産むことのみを期待されていると考えていた。そのためだけに、娶られたのだと。だがそうではないと、そんなことのために番《つが》ったのではないと、アルアクバルは言ってくれた。

ここ最近でも、そうだ。王は、ルスキニアの体こそを気遣ってくれる。子供などより、まずはお前自身がなにより大切だ。そう明確な言葉にこそしないものの、アルアクバルが極めて慎重に自分を扱ってくれていることは、よく分かっていた。

懐妊の有無など、アルアクバルにはさほど重要事ではなかったのかもしれない。

むしろ。

むしろ、王はプロスティブラが孕む子など必要としていないのか。全てはルスキニアの独り相撲で、アルアクバルのために身を投げ出す術があると、そんな幻想に一人浸っていただけなのかもしれなかった。

「…あ…」

途端に、恐怖が込み上げる。

自分は、なんてことを。

考えると血の気が引いて、かたかたと奥歯が鳴った。嘘です。今の言葉は、全部嘘です。お忘れ下さい。そう叫んでしまいたいと願ったルスキニアの視界で、王がぱちりと瞬いた。

苛烈な光を弾く漆黒の瞳孔が、ぎゅうっと収斂する。まるで、夜を呑み込む朝焼けの色だ。そう思った瞬間、思いがけない力が痩軀を攫った。

「っあ…」

みっしりと筋肉を纏った長い腕が、痩軀を巻き取る。体を起こす間さえ、惜しかったのか。腹筋だけで跳ね上がった男が、薄いルスキニアの腰を両腕で抱えた。

「ア…」

「本当か!?」

怒号に近い大声が、痩軀を撲つ。

獣の咆吼を思わせるその大きさに、中庭で遊ぶ孔雀が甲高い鳴き声を上げた。

「お前、本当に懐…」

懐妊、という言葉を、畏れてでもいるのか。あるいはそれを口にするのも憚られるほど、驚いているのかもしれない。大きな手で自らの口を押さえた男に、ほっと息が解けるのが分かった。

「…はい。その兆候が見られるそうです」

もう一度ゆっくりと、アルアクバルの眼が見開かれる。

戦場で、そしてこの王都でも、あらゆるものを映してきた眼だ。どれほど酸鼻《さんび》を極める場面においてさえ、平静さを失うなどあり得ない。誰もがそう信じる男の双眸が、初めて味わう動揺に揺れた。

「お前と、俺の…」

茫然とした声に、低く唸る獣の響きが混ざる。

感情を、上手く制御できかねているのか。腹這いに近い形で腰を抱く男が、短い逡巡《しゅんじゅん》の末、そっと、まだ薄い腹へと額を重ねた。

探るようにも、祈るようにも見える仕種だ。ぐ、と立ち上がった耳のつけ根に、ルスキニアは白い指を添わせた。

「…あの祠への願掛けや、子宝祈願のお菓子が効いたのでしょうか」

セヘルが言うところでは、泉を訪れるより早い時期に実を結んだと考えられるようだ。正確なことは分からないが、何者の采配であれ、ルスキニアの望みを叶えてくれたのならありがたかった。

「莫迦を言え。あんな飴より俺のちん…」

きっぱりと否定したアルアクバルが、なにかを口走ろうとしてもう一度自らの口を塞ぐ。

「…赤子の前では詳しい事情は差し控えるとしても、お前の献身と覚悟の賜《たまもの》であることは間違いない」

唸るように再び鼻面を擦りつけられ、くすぐったさに肩が揺れた。

「少しでも、…お喜び頂けるのであれば幸いです」

「少しどころのわけがあるか！」

吠えた男が、がばりと顔を上げる。灰色の尾が、長衣の陰で強く床を打った。

「いいだろう。直接の利益はお前と俺の努力に劣るとも、お前が願掛けした祠の全てに寄進《きしん》してやろう。あのちんぽ…いや飴を売る店にも土地を与え、泉の周辺も整備させる。その向かいで、新しい芝居を奉納できるようにな」

聞き捨てならない言葉に、ルスキニアが首を傾げる。

「新しい、お芝居？」

「どうせ今頃セヘルの奴が、度重なる献身の末、お前がいかに勇敢に子をなしたか、それを讃える演目を手配しているだろう。民にも広く、この慶事《けいじ》が知れるようにな」

重ねて言うが、直接見せびらかすことが適わないお前をどうにか自慢したいなどというさもしい意図ではない。そう真顔で請け合った男が、ルスキニアの腰骨を丸く撫でる。びくりと跳ねた手が、遊戯盤にぶつかり駒を揺らした。

「な…。…っこ、心より、心より申し上げます…！　今すぐ典医殿を牢に繋いででも、そのような手配は即刻止めさせるべきです。いかがわしい芝居を、これ以上断じて上演させてはいけません…！」

「投獄とはまた随分と物騒だな。民は言うに及ばず、産まれてくる子供にも、俺たちの仲睦まじさが正しく伝わると思うが」

　確かに睦まじさは伝わるかもしれないが、しかし伝わらなくてもよいものまで伝わってしまうのではないか。抗弁したルスキニアを腕に、アルアクバルが右目を眇めた。

「それともなにか。またしても芝居で演じられる仲睦まじさに、現実の俺たちが追いつかないことを危惧しているのか」

　うむ、と真顔で唸られ、ルスキニアが首を横に振る。いや、そうではない。これ以上卑猥な芝居が野放しにされては、王の尊厳に関わる。アルアクバル自身が頓着せず、民が熱狂しようがそれは駄目だ。訴えようとしたルスキニアの脇腹を、牙を持つ口が甘く噛む。

「っあ、王…っ」

　下腹を守る仕種を見せたルスキニアへと、アルアクバルが伸び上がる。もう、ゲームどころではない。無造作に押し退《の》けられ、青と銀の駒がもつれながら盤を転がった。

「種をつけたら用済みだなどとは言うなよ。仲睦まじくする方法は、いくらでもある」

「な…」

　にたりと笑った男が、大きく顔を傾けルスキニアの鼻梁を囓る。ふるえた唇をれろりと舐められ、甘い痺れが背中に走った。

「ア…」

「手始めに、明日はやはり視察に出かけるとするか」

お前と、腹の子の三人で。

吹きかけられる息は、熱い。なにより機嫌よく笑う声の響きに、くらくらした。

誇張ではなく、目が回る。これが幸福だとしたら、それは目眩がするほど恐ろしいのだ。とてもではないが、この両腕では持ちきれそうにない。

だが、手放したいとは思わなかった。自分は誰より、強欲なのだ。ルスキニア自身が驚き、戸惑うほどに。

雄弁なアルアクバルの尾が、ルスキニアの足首に絡む。するりと撫でられ、ルスキニアは愛しい猛獣へと両腕を伸ばした。

あとがき

この度は『夜《よ》啼鳥《なきどり》は虎王の褥《しとね》で愛を育む』をお手に取って下さいましてありがとうございました。お蔭様でケモミミ虎王と孕める系薄幸《はっこう》王子の二冊目の新書を出して頂くことができました。またしても人＋ケモミミだけでなく、リアルケモノに発情されている本となりましたが、広いお心でお読み頂けると嬉《うれ》しいです。

今回も華やかな表紙に挿絵、そしておふぐり（！）四コマまで描いて下さった香坂《こうさか》さん、本当にありがとうございました！　発情場面はもれなく王様は飛行機耳なのかな…と作画相談などさせて頂きつつ、褐色肌＋ケモミミ虎王と、見た目は誰よりも儚げ、中身は覚悟がん決まりな長髪王子を描いて頂けて嬉しかったです。四コマでは、寵姫の欲望無限大。王様のおつき合いのよさに感服しつつ（指が開いてる！）、お腹をもふるどころか、虎王が虚無顔になるまでおふぐりをぽろんぽろんできる受王子が私も大変羨ましいです…！

今回も恐ろしい無茶振りに笑顔でお応え下さった女神なお様。お蔭様でどうにか形にして頂けそうです。そして浩美《ひろみ》様。あの日のプロットを本にして頂けましたこと、ご報告できて嬉しいです。本当に、ありがとうございました…！

絶句必至な日程を、身を削っておつき合い下さった編集者のＫ様にも心からお礼申し上げます。切れ味の鋭さと肝の据わり方にふるえっぱなしでした。沢山ご尽力下さった編集部の皆様にも、伏してお礼申し上げます。

４Ｐ、そして獣姦に続き、今作では受君が○○を告白する…という場面を初めて書かせて頂きました。また一つ新たな山とその高さを知ることができ感無量です。次回は出産やちびっこ的な山に登れる機会があることを祈りつつ…！

最後になりましたが、この本をお手に取って下さいました皆様に心からお礼申し上げます。受王子の前で見栄を張りきれず、ケモノの本能に負けがちな王様と、明後日な方向で努力を惜しまない王子様ですが、二人の妊夫生活や出産事情など、また書かせて頂く機会を頂戴できましたらこれ以上嬉しいことはありません。是非応援してやって下さい。ご感想などお聞かせ頂けましたら、飛び上がって喜びます。

またどこかでお目にかかれる機会がありますように。最後までおつき合い下さいましてありがとうございました。

篠崎《しのざき》一《ひと》夜《よ》

香坂さんと共同で、活動状況をお知らせするサイトを制作頂いています。よろしければお立ち寄り下さい。http://sadistic-mode.or.tv/（サディスティック・モード・ウェブ）

女官長の案内で、部屋の扉が開かれる。刺繍台の前にかけていた少女が、はっとして顔を上げた。

「これはセヘル様。今日は女官長様までご一緒で…」

「どうかお楽になさって下さい、リリアーナ様。本日お伺いさせて頂いたのは、先の一件を離れた、個人的な興味に因《よ》るところです」

「私から、自身の罪が失せることはございません。いつこの首を刎《は》ねられても構わないと、覚悟は決めております」

「あなたもルスキニア様も、一徹《いってつ》すぎるのは困りものですね。それはともかく、あなた様はまだこちらの言葉に不慣れと存じますから、簡潔にお尋ねいたします。あなた様が愛しておいでなのは…」

「勿論アルアクバル王を心より尊敬申し上げております。ですが推《お》し、という意味であれば、私はルスキニア様推し一択でございます」

「推し…。なるほど。日々この未亡人の館で語彙《ごい》力を磨いておいでなのですね。では、推す理由をお聞きしても？」

「お顔でございます」

「…ほう。それ以外には」

「お顔でございます」

「実に素晴らしい」

「ルスキニア様のお顔以上に尊いものが、この世にあるでしょうか。勿論覚悟がん決まりのお人柄にも心底痺れますわ。ですがあのお顔はまさに国の宝。イウサールの至宝でございます。あのきれいなお顔を思い出すだけで、生きる気力が湧いて参りますの。故国からイウサールまでの道のりも、常にルスキニアさまのご尊顔を胸に乗り越えました。憂いを帯びた瞼《まぶた》と少し情の薄そうな唇の形など、神の奇跡としか申しようがありません。目元はお化粧でいくらでも誤魔化せますが、鼻筋はそうは参りませんのに、ルスキニア様の鼻梁ときたら…」

「…リリアーナ様は、王の美貌も賞賛しておいでと聞きましたが」

「当然でございます。アルアクバル王は雄のなかの雄。あれほど雄々しく完璧な美貌を賞賛しないなど愚か者の所業でございます」

「アルアクバル王は、非の打ち所のない美形ではあるものの、推すには雄々しすぎると…？　リリアーナ様のお好みは、あくまでもおきれいなルスキニア様というわけでございますね」

「一見すると穏やかでおやさしそうなのに、時折覗く冷淡な男らしさがたまりません」

「素晴らしき洞察力と審美眼。このセヘル、敬服いたしました」

「すみません私ときたら…。推しの話題となるとはしゃいでしまって。…今のお話は、セヘル様が必要とご判断されれば、いつでも王にご報告下さい」

「なんと…。王の寵姫に懸想《けそう》するなど一大事。それなのに、それを王の耳に入れても構わないとおっしゃるのですか？　むしろ最初から、王の耳に入るのを覚悟の上で、正直な胸の内を語られたと？」

「私にとってルスキニア様はあくまでも推し。推しは愛《め》でるもの。私は心からルスキニア様を愛しておりますが、それはあくまでも一方的なものでございます。万が一にも王が誤解されては、それこそルスキニア様の障りとなるやもしれません。勿論私の気持ちを正しくご理解頂いた上で、尚この首を斬るとご判断されるなら、報いを受ける覚悟でございます」

「覚悟がん決まりなのはルスキニア様だけではないというわけですね」

「そのようなことは決して…。こうして虚勢を張ったところで、実際は怖くて仕方ありませんわ。なんと言っても王は、見るからに同担拒否の面構えではありませんか」

「いかにも」

「王がもし私に、推しとしてでもルスキニア様を愛でることを禁ずるとおっしゃるならば、致し方ありません。……実は私、イウサールに来て気づいたことがあるのです。私は長く、ルスキニア様をただ一人の神と崇めて参りましたが、そのルスキニア様がより輝かれるのは、アルアクバル王とご一緒の時ではないかと」

「ほう…」

「推しこそが、この命の支え。推しが幸福で、より輝くのであれば、生きるも死ぬも、この身の都合など些末《さまつ》なことです」

「分かりみが深い…」

「そうでございましょう、女官長様！　女官長様にはお分かり頂けると思っていましたわ。なんと申しますか、最近ではルスキニア様お一人ではなく、王とご一緒のお姿を刺繍に刺したり、噂を耳にすることに胸の高鳴りを覚えるのです。箱推しの経験は皆無の私ですが、この気持ちはイウサールの言葉でなんと申しますのでしょうか」

「それはきっと、後ほど女官長様がお教え下さることでしょう。…リリアーナ様が、順調にイウサールの文化に馴染んでおいでのこと、またルスキニア様が王のお側でこそ輝かれるご様子を喜び、お二人のご多幸を心よりお祈りであること、私より間違いなくアルアクバル王にお伝えさせて頂きます。今日は直接お話が聞けてなによりでした」

「こちらこそ、感謝の言葉もありません。…ところで、セヘル様の推しはやはり王様ですの？」

「左様。イウサール一の王推しと自認しておりましたが、しかし最近では立場が危うくなってございます」

「あら」

　では、今はこの国において、誰が一番熱心に王を推しと崇めているのか。言葉にしなくとも、リリアーナには理解できたらしい。花が咲くように、少女が笑った。

「我が推しの推し活が捗《はかど》っておいでなら、嬉しくも尊いことですわ」

寵姫の欲望 1

この後めちゃくちゃセックスした。

The nightingale makes love
in the Tiger King's cushion

Illustration by Tohru Kousaka

寵姫の欲望 2

この後めちゃくちゃセックスした。

LYNX ROMANCE

小説原稿募集

リンクスロマンスではオリジナル作品の原稿を随時募集いたします。

募集作品

リンクスロマンスの読者を対象にした商業誌未発表のオリジナル作品。
（商業誌未発表のオリジナル作品であれば、同人誌・サイト発表作も受付可）

募集要項

＜応募資格＞

年齢・性別・プロ・アマ問いません。

＜原稿枚数＞

４５文字×１７行（１枚）の縦書き原稿、２００枚以上２４０枚以内。
※印刷形式は自由。ただしＡ４用紙を使用のこと。
※手書き、感熱紙不可。
※原稿には必ずノンブル（通し番号）を入れてください。

＜応募上の注意＞

◆原稿の１枚目には、作品のタイトル、ペンネーム、住所、氏名、年齢、電話番号、メールアドレス、投稿（掲載）歴を添付してください。
◆２枚目には、作品のあらすじ（４００字～８００字程度）を添付してください。
◆未完の作品（続きものなど）、他誌との二重投稿作品は受付不可です。
◆原稿は返却いたしませんので、必要な方はコピー等の控えをお取りください。
◆１作品につき、ひとつの封筒でご応募ください。

＜採用のお知らせ＞

◆採用の場合のみ、原稿到着後６カ月以内に編集部よりご連絡いたします。
◆優れた作品は、リンクスロマンスより発行させていただきます。
原稿料は、当社既定の印税でのお支払いになります。
◆選考に関するお電話やメールでのお問い合わせはご遠慮ください。

宛先

〒151-0051
東京都渋谷区千駄ヶ谷４−９−７
株式会社　幻冬舎コミックス
「リンクスロマンス　小説原稿募集」係

LYNX ROMANCE

イラストレーター募集

リンクスロマンスでは、イラストレーターを随時募集いたします。

リンクスロマンスから任意の作品を選び、作品に合わせた
模写ではないオリジナルのイラスト（下記各1点以上）を描いてご応募ください。
モノクロイラストは、新書の挿絵箇所以外でも構いませんので、
好きなシーンを選んで描いてください。

1 表紙用 カラーイラスト

2 モノクロイラスト（人物全身・背景の入ったもの）

3 モノクロイラスト（人物アップ）

4 モノクロイラスト（キス・Hシーン）

募集要項

＜応募資格＞

年齢・性別・プロ・アマ問いません。

＜原稿のサイズおよび形式＞

◆Ａ４またはＢ４サイズの市販の原稿用紙を使用してください。
◆データ原稿の場合は、Photoshop（Ver.5.0 以降）形式でＣＤ－Ｒに保存し、出力見本をつけてご応募ください。

＜応募上の注意＞

◆応募イラストの元としたリンクスロマンスのタイトル、あなたの住所、氏名、ペンネーム、年齢、電話番号、メールアドレス、投稿歴、受賞歴を記載した紙を添付してください（書式自由）。
◆作品返却を希望する場合は、応募封筒の表に「返却希望」と明記し、返却希望先の住所・氏名を記入して返送分の切手を貼った返信用封筒を同封してください。

＜採用のお知らせ＞

◆採用の場合のみ、６カ月以内に編集部よりご連絡いたします。
◆選考に関するお電話やメールでのお問い合わせはご遠慮ください。

宛先

〒151-0051 東京都渋谷区千駄ヶ谷４－９－７
株式会社　幻冬舎コミックス
「リンクスロマンス　イラストレーター募集」係

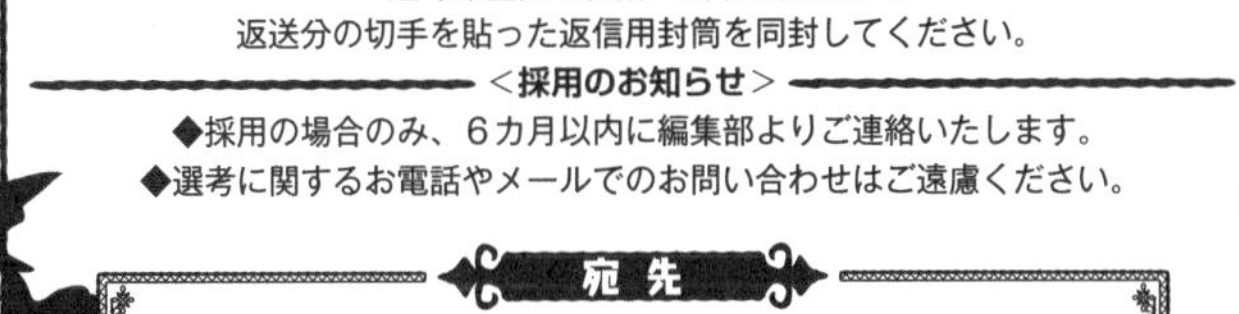

この本を読んでの
ご意見・ご感想を
お寄せ下さい。

〒151-0051
東京都渋谷区千駄ヶ谷4-9-7
(株)幻冬舎コミックス　リンクス編集部
「篠《しの》崎《ざき》一《ひと》夜《よ》先生」係／「香《こう》坂《さか》 透《とおる》先生」係

リンクスロマンス

夜啼鳥は虎王の褥で愛を育む

2022年3月31日　第1刷発行

著者……………篠《しの》崎《ざき》一《ひと》夜《よ》
発行人…………石原正康
発行元…………株式会社　幻冬舎コミックス
〒151-0051　東京都渋谷区千駄ヶ谷4-9-7
TEL 03-5411-6431（編集）
発売元…………株式会社　幻冬舎
〒151-0051　東京都渋谷区千駄ヶ谷4-9-7
TEL 03-5411-6222（営業）
振替00120-8-767643
印刷・製本所…株式会社　光邦
検印廃止

ISBN978-4-344-85021-7　C0293
Printed in Japan

幻冬舎コミックスホームページ　https://www.gentosha-comics.net